Der Entenschatten

und andere Kurzgeschichten

Wolfgang Grund | Elli Mattar
Martin Mohr | Maria Stich

Bibliographische Information der Deutschen Nationalbibliothek:
Die deutsche Nationalbibliothek verzeichnet diese Publikation in
der Deutschen Nationalbibliographie, detaillierte
bibliographische Daten sind im Internet über dnb.de abrufbar.

© 2023 Wolfgang Grund, Elli Mattar, Martin Mohr, Maria Stich
Layout und Satz: Wolfgang Grund
Umschlaggestaltung: Karin Brugger, Meckenbeuren,
                  www.brain-design.net
Lektorat: Stefanie Stich-Wolff
Herstellung und Verlag: BoD – Books on Demand, Norderstedt
ISBN: 9 783 757 8180 98

Inhalt

Gebrauchsanweisung für dieses Buch

Herzlichen Glückwunsch!

Mit dem Kauf dieses Buchs haben Sie eine hervorragende Wahl getroffen!

Was, es war ein Geschenk? Dann herzlichen Glückwunsch, dass Sie jemanden mit einem so guten literarischen Spürsinn kennen.

Man könnte dieses Werk in einem Haps verschlingen. Doch weit mehr Lesegenuss hat man, wenn man sich sorgfältig eine Geschichte aussucht und sich darin vertieft. Dann legt man das Buch beiseite und freut sich auf den nächsten Tag und die nächste Geschichte.

Die Texte sind übrigens zu jeder Tages- und Nachtzeit zu konsumieren.

Aber Vorsicht, es sind Thriller dabei, die an den Nerven zerren und Albträume verursachen könnten und Liebesgeschichten, die extrem aufwühlen und Herzschmerz erzeugen. Andere Texte befeuern den Denkapparat und setzen ein Gedankenkarussell in Gang. Fiktionale Werke lassen Sie über die Zukunft grübeln und könnten zu Schlaflosigkeit führen.

Trotzdem oder gerade deswegen ist dieses Buch auch ein Tipp für die Urlaubslektüre, da es in unbekannte Denkwelten entführt und Ihnen die nötige Balance zwischen Entspannung und Anregung gewährt.

Ob als E-book oder in gebundener Form, es ist eine hervorragende Begleitung zu einem spritzigen Aperol oder kühlen Bierchen.

Also, unser herzlicher Glückwunsch ist durchaus fundiert.

Falls Ihnen danach ist, schreiben Sie einfach eine Mail an der.entenschatten@gmx.de.

Wir vier freuen uns auf jede Rückmeldung!

Martin Mohr

Wie oft entdecken wir in einem Fleck vertraute Formen oder Strukturen im Muster einer Tapete, in den Wolken, im Verputz einer Hauswand. Vielleicht lächeln wir dann kurz und tun sie wieder ab. Doch, was wäre, wenn hinter diesen Sinnestäuschungen ganz eigene Geschichten verborgen lägen? In meinen Texten erlaube ich mir, Realitäten zu verwischen und diese skurrilen Geschichten zu erzählen.

Geboren im Saarland, liegt seit 2008 mein Lebensmittelpunkt in der sanften Landschaft Oberschwabens. Hier finde ich den Raum, meine Fantasie schweifen zu lassen. Aber auch die nötige Ruhe und Konzentration, die ich in meinem Beruf als Zahntechnikermeister brauche, um die Natur zu kopieren.

›Der Entenschatten‹

»Psst! Morgen, das dritte Rennen. Willst du´s wissen? Na? Welches Pferd? Willst du´s wissen?« Dünn, ein wenig quietschend klang die Stimme, die unvermittelt die Ruhe meiner Morgendusche durchbrach. Wäre die Wassertemperatur mit einem Schlag auf vier Grad gefallen, ich hätte mich nicht schlimmer erschrecken können.

»Was? Wie?« Ich wirbelte herum. Mein Fuß versuchte der Shampoo-Flasche auszuweichen, die mir aus der Hand gefallen war. Durch den Duschvorhang hindurch, versuchte ich Bewegungen im Badezimmer auszumachen.

»Wer ist da?« Mir war bewusst, dass meine Stimme nicht selbstsicher genug klang, um einen Eindringling zu beeindrucken.

»Das spielt doch keine Rolle«, antwortete es direkt vor mir. »Das Siegerpferd! Morgen beim Pferderennen! Na? Interesse?«

Mein Herz klopfte bis zum Hals. Ich atmete tief ein, raffte allen Mut zusammen und mit einem beherzten Ruck riss ich den Duschvorhang zur Seite. Seife rann mir in die Augen. Ich tastete nach dem Duschkopf, wobei ich wohl versehentlich an den Wasserhahn stieß, denn tatsächlich übergoss mich jetzt ein eiskalter Schauer.

»Verdammt!« Ich schimpfte wie ein Rohrspatz vor mich hin und überlegte, ob ich zuerst die Wassertemperatur auf erträglich regulieren und mir danach die Augen auswaschen sollte, oder ob das Brennen schlimmer als die Kälte war. Noch bevor ich eine Entscheidung fällen konnte plärrte mich die Stimme an. Sie schien jetzt ganz dicht neben den Falten des Duschvorhangs zu sein, doch wegen der Seife in den Augen konnte ich nichts sehen.

»Na! Spinnst du? Du quetschst mich ein! Na, aufzieh´n, aufzieh´n! Zieh gefälligst den Vorhang wieder glatt.

Na, du legst mich doch in Falten«, schnatterte es neben mir. Folgsam zog ich den Duschvorhang wieder auseinander. Meine Augen brannten immer noch höllisch. Das Rasseln der Haken auf dem Metallrohr wurde von einem quakenden »Na, viel besser« begleitet. »Mach das noch mal und den Tipp mit dem Pferderennen, den kannst du dir zu dem ganzen Schaum in die Haare schmieren.«

Mit der Hand schöpfte ich ein wenig Wasser und benetzte meine Augen. Das Brennen wurde erträglicher. Jetzt konnte ich mich umschauen. Hier war niemand. Links nicht und rechts nicht und geradeaus auch nicht. Das Bad war menschenleer. Verwirrt wischte ich mir über die Augen. Na toll, es brannte schon wieder. Auch mein neuerliches Fluchen änderte nichts daran: Niemand außer mir befand sich in meinem Badezimmer. Ein beängstigender Verdacht beschlich mich. Die letzten Wochen waren anstrengend. Übermüdung, Zerstreutheit, ja, da konnte schon mal die Konzentration verloren gehen. Aber Wahnvorstellungen? Konnte es denn sein, dass die vergangenen Sekunden nur in meiner Einbildung stattgefunden hatten? Es gab keine rationale Erklärung für diese Stimme. Vielleicht wurde ich gerade verrückt? Ausgerechnet hier, unter der kalten Dusche, mit Shampoo in den Augen? Das war wirklich unwürdig. Ich war doch noch so jung. In fünfzig oder sechzig Jahren, ja, da würde ich mir schon erlauben, ein wenig wunderlich zu werden. Werbeprospekte sammeln oder dutzendweise Katzen um mich scharen. Doch anscheinend wollte das Schicksal - oder wer auch immer für so etwas zuständig war – jetzt schon ein wenig mit mir spielen.

Nun, wenn ich also verrückt würde, dann könnte das auch im Warmen geschehen.

Ich änderte die Wassertemperatur auf *erträglich* und wusch mir nochmal sorgfältig die Augen aus. »Na endlich, wieder warmes Wasser«, kommentierte die dünne Stimme. »Ich dachte schon, du willst uns einfrieren. Kam mir schon vor wie ein Mammut, wie in der Eiszeit«. Jetzt hörte ich konzentrierter hin und kam zu dem Schluss, dass die Stimme aus dem Duschvorhang selbst kommen musste. Damit war es amtlich, mein Verstand schien sich gerade zu verabschieden.

»Wo bist du denn?«, fragte ich zögernd und, so hoffte ich, mit der nötigen Bestimmtheit. »Na direkt vor deiner Nase. Sag mal, bist du weitsichtig? Wo schaust du denn hin? Nein, hier. Direkt vor dir. Im Vorhang! Na, das kann doch nicht so schwer sein mich zu sehen. Hören kannst du mich doch auch.«

Ich neigte mich ein wenig nach hinten. Nichts. Kippte den Kopf hin und her, ganz langsam, um meinen Blickwinkel zu verändern. Nichts. So langsam wich meine Überraschung einer leichten Verzweiflung. Es stand, ganz offensichtlich, nicht gut um mich. Mein Kinn sank auf meine Brust. Und genau in dieser unbewussten Bewegung nahm ich ihn wahr. Es war nur ein Wasserfleck auf dem Duschvorhang, aber diese Form? Woran erinnerte sie mich denn nur? Meine Augen fixierten diese eine Stelle. »Aha, jetzt! Na, kannst du mich endlich sehen?« Ich sah, aber was ich sah, konnte nicht sein. Ganz eindeutig zeichnete sich der Umriss eines Quietsche-Entchens auf meinem Duschvorhang ab.

»Bist das du, der mit mir spricht?«, hauchte ich. Hmmm, das klang jetzt wieder weniger selbstsicher, dachte ich noch, als die Antwort schon aus dem Vorhang kam.

»Klar. Ist hier sonst noch jemand? Nö, oder? Ich meine, ist ja dein Bad. Na, ich seh´ niemanden. Nur dich und mich.

Aber vielleicht bist du ja auch komplett durchgeknallt, hörst Stimmen wo niemand ist?«, ein plätscherndes Lachen war zu hören. »Na klar, bin ich es, die mit dir spricht!«

»Aber«, erwiderte ich verwirrt, »aber du bist ein Quietsche-Entchen. Vielmehr, bist du sogar nur der Umriss eines Quietsche-Entchens. Und ich bin mir sicher, du kannst überhaupt nicht reden. Zumindest nicht mit Menschen. Vielleicht mit deinesgleichen. Aber ich bin nicht deinesgleichen! Ich bin ein ... ich ... ich spreche mit einem Wasserfleck ... ich glaub ich werd verrückt«.

»Jetzt mach dich mal nicht nass.« Das Entchen schielte einem Wassertropfen hinterher, der ihm den Schnabel entlang kullerte. »Na, wir machen jetzt mal Folgendes. Ich sag dir welches Pferd gewinnt und beim nächsten Duschen haben wir bestimmt einen besseren Start. Also, morgen, setz morgen alles was du hast auf den fliegenden Holländer. Und bitte, lass das mit dem Fluchen, das ist gar nicht gut!«

Wie ich genau aus dem Badezimmer herauskam, kann ich nicht mehr sagen. Auf jeden Fall kauerte ich irgendwann abgetrocknet und angezogen, die Knie fest umschlungen, auf dem Sofa. Alles was an Kissen und Decken aufzutreiben war, hatte ich um mich herum aufgetürmt. Schon als Kind funktionierte das ganz prima, um dem Grauen, das oft den Albträumen nachklang, zu entkommen. Mit jeder Stunde die verging, wuchs in mir die Sicherheit, dass ich wohl schlicht und ergreifend zu heiß geduscht hatte und so etwas wie einen kleinen Hitzschlag unter der Dusche erlitten haben musste. Es konnte gar nicht anders sein. Und um diesem Ereignis gänzlich alles Mysteriöse zu nehmen, beschloss ich, mir einen Spaß daraus zu machen und zehn Euro beim Pferderennen zu verpulvern. Nicht, dass ich den Tipp ernst nahm. Im Gegenteil, er war töricht und albern und mit Sicherheit würde ich das Geld verspielen. Aber damit wäre dann auch belegt, dass das Entchen im Vorhang nur ein Ergebnis meines überhitzten Geistes war.

»Fliegender Holländer?«, die Frau hinter der dicken Glasscheibe hatte mich wohl nicht richtig verstanden. »Wirklich? Fliegender Holländer?«. »Ja«, rief ich etwas lauter als notwendig zurück, »genau, fliegender Holländer. Spiel, Satz, und Sieg«. Die Fachsprache der Rennbahn war mir nur wenig vertraut. Doch *Sieg* würde man schon verstehen. Zufrieden steckte ich die Quittung ein, welche in dem Spalt zwischen Scheibe und Tresen lag. Um mich herum begannen

Menschen zu tuscheln. »Fliegender Holländer«, hörte ich einen dicken Mann zu seiner Begleitung sagen, »Idiot ... Quoten sind unfassbar schlecht ... selbst ein Cent zu viel.« Beunruhigende Wortfetzen drangen zu mir, dann verschwanden beide höhnisch lachend zu ihren Plätzen.

Es dauerte viele Stunden, bis sich der Tumult auf den Besucherrängen gelegt hatte. Kein Mensch konnte mit diesem Ergebnis rechnen. Deshalb war auch die Entscheidung der Rennleitung, mich mit zwei Sicherheitsleuten durch die aufgebrachte Zuschauermenge nach Hause zu begleiten, durchaus gerechtfertigt. Da saß ich nun in meinem Kissenberg, die Beine wieder eng umschlungen und starrte ungläubig die Geldscheine an, die vor mir auf dem Boden lagen. Hätte ich beim Auszahlen ein Trinkgeld geben müssen? In meinem Kopf rauschte es und mein Nacken begann sich zu verspannen.

»Heiße Dusche«, sagte ich laut zu mir selbst. »Du gehst jetzt unter die Dusche und dann sehen wir weiter.«

Das warme Wasser prasselte wohltuend auf meinen Kopf und entspannte meinen Nacken. Langsam ließen die Kopfschmerzen nach.

»Na, wie viel hat der alte Gaul denn gebracht?« Die Frage traf mich so unvermittelt, dass mein Nacken sich auf der Stelle wieder verspannte. Für einen Wimpernschlag erstarrte ich. Dann hob ich langsam den Kopf und sah genau in die Augen des Entenschattens. »Viel«, antwortete ich und stellte das Wasser ab, »sehr viel!«

»Ah, Ruhe ist doch viel besser zum Reden. Dieses ständige Rauschen. Davon wird man ja ganz närrisch im Kopf«. Das Entchen plapperte munter drauflos, während ich vor mich hin tropfte und es einfach nur anstarrte. Mir wurde langsam kalt.

»Na, ich komm´ ja aus ´ner Badewanne. Groß war die. Riesig groß und ich konnte herumpaddeln, so lange wie ich wollte. Aber, wenn das Wasser abgelaufen ist, das war das allerbeste. Dann gab´s einen Strudel. Alles hat sich dann gedreht, ganz schnell. Das war so aufregend und hat im Bauch gekribbelt.«

Ich begriff nicht ganz, was der Wasserfleck mir erzählen wollte. Das bisschen Verstand, von dem ich hoffe, dass es noch in meinem Hirn wohnte, wollte auch nicht wissen woher er kam. »Sag mir einfach, weshalb bist du hier und dann, ach, verschwinde wieder. Bitte!« Tränen traten in meine Augen.

Die Ereignisse der letzten Stunden hatten mich wohl etwas dünnhäutig gemacht.

»Oh nein, nicht weinen!«, die Ente flehte mich an. »Bitte nicht weinen, dann fang ich auch an. Ich bin ziemlich nah ans Wasser gebaut.«

»Das ist nur Seife in meinem Auge. Keine Angst, will ja auf keinen Fall deine Emotionen überstrapazieren.« Der Schatten ließ die kleine Sorgenfalte, die sich quer über seine Stirn gezogen hatte, wieder los. »Das passiert dir wohl häufig, das mit der Seife in den Augen? Taucherbrille! Du solltest dir vielleicht eine Taucherbrille anziehen zum Duschen«.

»Vielleicht sollte ich nicht mehr duschen!« Meine Geduld ging zu Ende. »Warum? Warum mein Duschvorhang? Warum ich?«

»Also, warum dein Duschvorhang? Das kann ich dir nicht so richtig erklären. Es heißt, dazu braucht es ganz schrecklich komplizierte Berechnungen; sowas wie Quantenphysik oder war es Quakenphysik?« Das Quietsche-Entchen lachte und prustete so stark vor sich hin, dass mir ein sanfter Nebel entgegen sprühte.

»Versuch es oder ich hole den Föhn und blase dich in drei Sekunden trocken.« Ich blieb standhaft.

»Okay, okay … Na, du musst ja nicht gleich die Artillerie rufen. Also, irgendwas war da mit der Adresse, der Körpergröße, der Schuhgröße und der Nummer des Elektrozählers. Aber was womit multipliziert oder dividiert wird? Mathe war noch nie meins, auf jeden Fall wurde ich strafversetzt und bin bei dir gelandet.«

Ich verstand kein Wort, nickte trotzdem und tat so als wären mir die Zusammenhänge völlig klar. Langsam wich diese seltsame Benommenheit aus meinem Hirn. Um nicht völlig auszukühlen ‚griff ich mir ein Handtuch.

»Strafversetzt! aha! … Eine Strafe setzt immer auch eine Tat voraus.« Meine Folgerung kam schnell und messerscharf. »Also, ich höre …«.

»Ach, nichts. Da war gar nichts. Ich bin sowieso ein Justizirrtum.« Der Entenschatten wand sich und versuchte in einen dunkleren Teil des Vorhangs zu fließen.

»Halt!« Ich zog die Falten glatt, um jede Flucht zu verhindern. »Was hast du ausgefressen?«

»Den Abfluss habe ich verstopft«, nuschelte er in seinen Schnabel hinein. »Dreimal. Das darf man nicht. Und dann habe ich geflucht, als sie mich versetzen wollten. Das hat´s nicht besser gemacht. Jetzt bin hier, als Wasserfleck auf ´nem Duschvorhang. Blöde Regeln.«

»Gibt es noch irgendetwas, was für mich von Interesse ist?« Mit dieser Wendung hatte ich tatsächlich nicht gerechnet. Fast tat mir der kleine bleiche Schatten ein wenig leid.

»Na, vielleicht noch, dass es die Badewanne von ´nem Jockey war? Und ich hab´ die ganzen Manipulationen der Rennergebnisse für die kommende Saison belauscht.« Es zögerte.

»Noch etwas?«

»Och, nö«, es pustete sich einen Tropfen von der Schnabelkante, »eigentlich, nö«.

»69.136 Euro, das wolltest du doch wissen. Fast siebzigtausend Euro hat der alte Gaul gebracht!«

Der Entenschatten riss die Augen weit auf. »He, nicht schlecht für den Anfang. Das kannst du jetzt jede Woche haben, wenn du willst.«

Ich rubbelte mir gerade die Haare trocken und fragte unter dem Handtuch heraus: »Wie, jede Woche?« Es war schon ein wenig beängstigend, wie selbstverständlich ich mittlerweile mit diesem Wasserfleck sprach. »Na ja, bei jedem Rennen, bei dem mein Jockey mit seinem Pferd am Start ist, kann ich dir weiterhelfen. Zwischendurch musst du mal ein paar Tage Pause machen. Sonst denkt noch jemand, du würdest die Ergebnisse manipulieren«, quietschte er vergnügt. »Aber für die Rennen der nächsten sechs Monate, da hab´ ich die Ergebnisse im Kopf«.

»Was? Ich soll, ich meine, du denkst, ich mach da mit? Dauerhaft? Bei dem ganzen Betrug? Dir ist schon klar, dass das nicht richtig ist?« Ungläubig sah ich den Entenschatten an, der grinsend auf den Falten des Duschvorhangs herumrutschte. Hatte ich wirklich gerade begonnen, eine Diskussion über Recht und Unrecht mit einem Wasserfleck führen? Das musste augenblicklich aufhören. Auf diesen Wahnsinn durfte ich mich nicht weiter einlassen. Mein Geisteszustand war ganz offensichtlich in großer Gefahr. Und der war mir lieber als alles Geld der Welt. Ich öffnete das Fenster und blieb so lange im Bad, bis das Entchen fast abgetrocknet war. »Überleg´s Dir, ich bin ja hier«, sagte es noch, dann war es verschwunden.

Nein, wirklich, ich hatte das doch gar nicht nötig. Mein Leben war gut. Ruhig. Aber gut, sogar sehr – ich zögerte - sehr, sehr ruhig. Vielleicht noch einmal? Noch einmal den Tipp des Entenschattens annehmen, überlegte ich. Dann wäre aber wirklich Schluss. Die Atmosphäre auf der Rennbahn – da bot sich schon ein aufregender Kontrast zu meinem Alltag. Wie lange die Ente noch in meinem Duschvorhang festsaß, wer konnte das denn wissen. Und wenn sie morgen schon wieder weg wäre? Dann wäre der ganze Zauber ohnehin vorbei. Und bis morgen würde ich schon nicht völlig irre werden. Einen Tag noch, den halte ich doch aus.

Ich meine, ich bin doch recht robust, eigentlich. Ich zog meine Jacke an und verließ die Wohnung.

»Und, wie viel war es diesmal?« Ich hatte das Wasser gerade erst aufgedreht als der Entenschatten neugierig den Duschvorhang ausbeulte. »124.386 Euro und 71 cent«, antwortete ich, ein wenig beschämt. Ich schwelgte nun in einem Luxus, den ich mir niemals hätte ausmalen können. Während die Ente lediglich auf den Falten des Duschvorhangs umher surfen konnte, plante ich gerade eine Wochenendtrip nach Hawaii.

»Na, das freut mich für dich. So viel Geld. Ich glaube damit können Menschen immer was anfangen, oder? Mir würde ´ne große Badewanne genügen, aber da ist ja jeder anders. Rund müsste sie sein, damit es einen riesigen Strudel gibt, wenn das Wasser abläuft. Und keiner stört sich dran, wenn ich mal den Abfluss verstopfe. Na, das wäre was!« Während die Ente weiter vor sich hin schnatterte, blieb mein Blick auf dem unteren Rand des Duschvorhangs hängen. Schwarz. Ganz deutlich bildeten sich dort zwei dunkle, schwarze Stockflecken. Unter anderen Umständen hätte ich den Vorhang in die Waschmaschine gesteckt und alles wäre wieder im Reinen gewesen. Aber was würde mit meinem Wohltäter geschehen, wenn er stundenlang in Lauge eingeweicht und dann bei 1400 Umdrehungen trockengeschleudert würde?

»… das ist natürlich schon ziemlich weit weg, aber es scheint sich auf jeden Fall zu lohnen.« Langsam drang das aufgeregte Plappern und Flügelschlagen in mein Bewusstsein und ich versuchte mich zu konzentrieren. »Weit weg? Ausland? Wovon redest du? Hab´ wohl Wasser im Ohr«. Ich stellte die Brause ab und griff nach meinem Handtuch. »Lass uns ein anderes Mal darüber reden, ich hab's heute ziemlich eilig.« Eine etwas fadenscheinige Ausrede, wenn man gerade reglos zwanzig Minuten unter dem warmen Wasserstrahl zugebracht hat. Ohne mich abzutrocknen riss ich das Fenster auf und verließ schweigend das Bad.

Die Kissenberge auf meinem Sofa hatte ich schon seit Wochen nicht mehr weggeräumt. Seit der kleine Entenschatten auf meinem Duschvorhang aufgetaucht war, gab es ständig Situationen, denen ich mich nicht ausreichend gewachsen sah.

Auf dem Boden lagen überall Geldscheine und ich sah die große Freiheit, die ich mir damit erkaufen konnte. Reisen, ein Auto, vielleicht eine eigene kleine Wohnung? Und die Ente, die war dann immer noch in meinem Duschvorhang strafversetzt. Ob sie einen Umzug in einem Karton überstehen würde? Ich hatte aber auch keine Ahnung, woher man tiefergehende Informationen über Quietsche-Enten bekommen konnte. Und wenn plötzlich die Polizei vor meiner Tür auftauchte? Schließlich, das war ja Betrug. Ich presste die Kissen fester an mich und versuchte die aufkommende Panik zu überstehen. Die Beweismittel, ich musste sie vernichten.

»Du fährst jetzt an einen richtig teuren Ort und wirst das ganze Geld ausgeben. Und dann ist Schluss!« Seit einiger Zeit sprach ich auch laut mit mir selbst. Ich schnellte in die

Höhe und packte alles Geld und eine Zahnbürste in meine Reisetasche.

»Keine Pferderennen mehr. Du hattest ein paar Wochen im Luxus und jetzt ist damit Schluss. So schlecht war es auch nicht, bevor du zum ersten Mal«, ich suchte nach einem Begriff, der nichts mit Betrug zu tun hatte, »bevor du zum ersten Mal auf die Rennbahn gegangen bist. Und in ein paar Tagen wird alles wieder genau so sein«. Ich stand im Flur, sprach meinem Spiegelbild Mut zu. Es war wirklich nicht gut um mich bestellt. Wenn ich zurückkomme, würde das Entchen nur noch ein fröhlicher Gesprächspartner beim Duschen sein. Keine Tipps, keine Pferdewetten mehr.

Warmer, trockener Wind schlug mir entgegen, als ich das Flugzeug verließ. Es war noch früh am Tag aber das Thermometer zeigte fast dreißig Grad. Dubai war genau das richtige Reiseziel für mein Vorhaben. In meiner Phantasie wartet hier jeder nur erdenkliche Luxus auf mein Geld.

Im Hotel ließ ich mir eine umfangreiche Tour zu sämtlichen Sehenswürdigkeiten zusammenstellen und am nächsten Tag sollte ich, nach Auskunft des Concierge, das aufregendste Spektakel erleben, welches der Wüstenstaat zu bieten hätte. Ich ging davon aus, dass mein Geld danach aufgebraucht sein dürfte. Also ließ ich mir schon für den nächsten Abend meine Rückflug bestätigen und zahlte alles was auf der Liste stand schon mal im Voraus. Danach standen mir noch genau 163.427€ zur Verfügung. Das sollte wohl für einen Tag in Dubai als Taschengeld genügen.

Am nächsten Morgen war mein Vermögen fast ganz aufgebraucht. Ich ging ins Bad. Wie still und eintönig es alleine unter der Dusche sein konnte. Beim Anblick der goldenen Wasserhähne, die sich über eine große Badewanne wölbten, lächelte ich leise vor mich hin. Das hätte der Ente bestimmt sehr gefallen. Fast war es mir als könnte ich Ihre piepsige Stimmen hören. »Dubai ist toll«, sagte sie in meinen Gedanken, »das Pferderennen dort, eines der höchstdatiertesten Rennen auf der ganzen Welt. Im März, auf jeden Fall *Leonardo!*« Mir wurde ganz schwindlig. Das war doch keine Phantasie. Das war es, was der Schatten erzählt hatte, als ich durch die Stockflecken abgelenkt war. Dubai, am letzten Wochenende im März. Und jetzt war ich in Dubai und es war das letzte Wochenende im März. Ohne nach einem Handtuch zu greifen rannte ich zum Telefon und ließ mich mit dem Concierge verbinden.

Es ist erstaunlich, wie schnell man den Umgang mit aufgebrachten Menschenmassen lernt. Auf der ganzen Rennbahn war tatsächlich niemand, der *Leonardo* auch nur den Hauch einer Chance auf einen der vorderen Plätze zugetraut hätte. Ich war der einzige.

Nachdem ein wütender Mob versuchte über mich herzufallen, daran gewöhnt man sich nicht so schnell, schritt irgendein Sultan persönlich ein und stellte mir für den Rückflug seine Privatmaschine zur Verfügung. Man sei um meine Sicherheit besorgt, sagte er. Doch wahrscheinlich wollte er mich so schnell wie möglich außer Landes bringen, um weitere Übergriffe zu verhindern.

Meine Kissenberge auf dem Sofa nahmen mich freudig und tröstend in Empfang. Mit zitternden Händen trank ich einen Baldriantee und starrte auf meine Reisetasche, in der die einundzwanzig Millionen Dollar verstaut waren.

Wie gerne hätte ich jetzt ein schöne heiße Dusche genommen, doch ich traute mich nicht, das Bad zu betreten. Keine Ahnung, wie mein Duschvorhang mittlerweile aussah. Ob die Stockflecken weiter gewachsen waren? Ich würde mich mit kaltem Wasser in der Küche waschen. Jahrhunderte war das ausreichend für die Menschheit; da sollte es auch für mich kein Problem sein.

Vierzehn Tage hielt ich durch. Doch dann musste ich einfach mal wieder warmes Wasser über meinen Körper laufen lassen. Mein Nacken war vom ständigen Bücken unter den Wasserhahn schon ganz steif, mein Kopf saß schief auf meinen Schultern. Es war eine Wohltat, das sanfte Rieseln wieder zu spüren. Betont locker und fröhlich begann ich mit den Falten des Duschvorhangs zu reden. Ich erzählte von Dubai und dem hohen Turm, den ich dort gesehen hatte. Kein Schnattern war zu hören. Ich erzählte von dem Flug, von dem heißen Wind, dem Sand, von den goldenen Wasserhähnen. Immer noch keine Reaktion. Irritiert nahm ich den Duschkopf in die Hand und brauste den Vorhang sorgfältig ab. Vielleicht war er ja noch zu trocken. Nichts. Keine Stimme, kein Entenschatten. Unruhig, vielleicht etwas panisch, suchte ich jeden Zentimeter ab. Nichts. Es war niemand außer mir hier. Nur der nasse Duschvorhang und die Stockflecken, die sich während der letzten Wochen enorm vermehrt hatten.

Epilog

Einige Tage nach meiner Rückkehr aus Dubai saß in meiner Duschwanne ein quietschgelbes Quietsche-Entchen. Wirklich erstaunt war ich darüber nicht. Auf den ersten Blick sah es aus, wie tausende seiner Geschwister, die man überall kaufen konnte. Doch bei näherem Hinschauen, schien es mir seltsam vertraut.

»Da bist du ja wieder«, sagte ich und hob es behutsam vor mein Gesicht. »Jetzt wird's aber eng für uns beide, hier in der Duschwanne. Weißt du was wir jetzt machen werden?« Erwartungsgemäß bekam ich keine Antwort, aber ich bin mir sicher, dass ein breites Grinsen über den Entenschnabel huschte.

Mein Neubau sorgte in der Nachbarschaft für einige Aufregung. Vor allem fragten sich die Leute, wozu eine einzelne Person eine runde Badewanne von fast drei Metern Durchmesser benötigen könnte. Bei dem Versuch das zu erklären, wurden die abenteuerlichsten Mutmaßungen angestellt.

Aber niemand kam auf die Idee, dass beim Ablassen des Wassers ein großer, wilder Strudel entstand. Und wenn man sich von ihm mittragen lässt, dann würde es sicher ganz herrlich im Bauch kribbeln.

›Ostergedicht‹

In einer feuchten Sasse lasen
fünfunddreißig Osterhasen,
den Bericht vom Nachbarbau,
der - gleich nach dem Morgengraun -
abgeliefert werden konnte,
weil die alte, flügellahme Meise
an seniler Bettflucht litt
und sehr früh schon den Kurierdienst ritt.
Auf dem Marder.
Der - das sei schon mal vorweggenommen -
in dem Bericht
ganz schrecklich schlecht davon gekommen
ist.

Nun der Bericht:

Sechs Meter siebzig Richtung Süden weg vom Mist
wo sich die Hühner niemals weigern
zu Ostern ihre Produktion zu steigern,
leben im Haus, dicht an den Heizungsrohren
dreizehn Katzen; im Stall steht eine Kuh.
Und - im Verbogenen - der Marder
zählt sich ganz unverfroren,

zu den Bewohnern mit dazu.

Vor Ostern dann - im Hühnerstall ist lange schon Akkord das Thema -

kommt alles, aber wirklich restlos alles, was ins Nest gelegt wird, raus

Das verläuft seit Jahr und Tag nach einem fest-

gelegten Schema und so sieht das dann aus:

Die Katzen roll´n mit ihren sanften Nasen

die Eier zu den Osterhasen,

wo sie sich so lange einquartieren

bis diese fertig sind mit dekorieren

und bemalen.

Ein Teil der Produktion geht nach Westfalen

der Rest bleibt hier in der Region

und dient österlicher Dekoration.

So war es auch in diesem Jahr.

Die Eier lagen schon im Rasen

(wieder nach Haus gerollt

von den sanften Katzennasen)

als der Marder an das bunte Eierkleid

sich heranschlich voller Neid.

Ein ferner Donner grollt.

Leiser Nieselregen sinkt hinab,

tränkt des Marders Fell.

Dieser reibt und drückt sich schnell
an die Eier; legt sich sogar drauf und hört auch nicht
mehr damit auf.

Denkt sich: dieses Jahr mache ich die Eier klar.
Und presst sein nasses Fell noch viel robuster
auf die exquisiten Hasen-Muster.
Dann springt er kraftvoll in die Höh´
(nun ja, wohl eher waag´recht):
die Muster weg,
die Eier schwarz
der Marder war nicht farbecht!

Die Not war groß und das Geschrei nicht minder,
man sah im Geist bereits die vielen tief enttäuschten Kinder.
Zur Rettung kam jedoch ein Plan von Seiten aller Katzen:
sie wollten auf die Eier - durch das Schwarz hindurch -
Muster mit den Tatzen kratzen
(nun ja, wohl eher mit den Krallen. Egal,
den Hasen hat dies gleich gefallen).

Und so begann der Katzen-Kader
die Umgestaltung der Produkte.
Die Kuh, die Osterhasen, selbst der Marder,
jeder schluckte

angesichts der Avantgarde

mit der die Katze Hildegarde,

eine hochbegabte Siam

sachte um die Ecke kam.

Am Ende wurd´s der Überflieger.

Und der allergrößte Sieger

war das Umsatzbuch im Laden.

Fürs nächste Jahr soviel steht fest

wird zwischen Hasen, Katzen, Mardernest

ein Kollektiv gebildet mit dem Ziel

die Kunst am Ei zu steigern und ganz viel

Neues soll entstehen .

Soweit der Plan. Nun ja, wir werden sehen.

›Glück 4.0‹

@M****** »oh mist jetzt hat mir gerade so ne blöde zicke mein allerliebstes lieblingsshirt vor der nase weggeschnappt … hab heute echt kein glück … :(

#fashionvictim#zicke#modeistgeil#nachtschichtkillsyourlife

@L***_M*** reagierte sofort mit einem Umarmungs-Emoji und antwortete nur wenige Sekunden später: »Glück isn arschloch, könnste ständig reintreten … Komm vorbei mach dir nen Trostlatte #bestefriendseverever #glückwirdtotalüberbewertet#lattemachtglücklich«

@Glück 4.0 begann zu schreiben: »AHHHHHH!!! Du konsumgesteuertes, oberflächliches Ding! Verbrauchst dein ganzes Glück, um die richtigen Tasten zu treffen … da bleibt selbst für ein T-Shirt nix mehr übrig … #fassungslos#schnauzesowasvonvoll

#wasfällteucheigentlichein #überlegteuchwasihrwollt

»So geht das nicht!« Resigniert sanken die Hände wieder von der Tastatur. »Zu alt, ich bin viel zu alt für diesen online-Schwachsinn.« Glück 4.0 löschte die letzten Sätze und begann einen neuen Post. »Also, wieder raus auf die Straße. So wie früher, so wie immer.«

Ob er das Glück treffen möchte? Was für eine Frage. Na klar! Der Treffpunkt im Park wäre nicht sein erste Wahl gewesen, aber Glück 4.0 hatte darauf bestanden.

So eine skurrile Begegnung konnte er sich unmöglich entgehen lassen.

Da war ein Treffen zwischen alten Leuten und spielenden Kindern eben noch erträglich. Welcher Spinner sich wohl hinter dem Pseudonym *Glück 4.0* verbergen würde? »Wie erkenne ich denn, wenn ich meinem Glück begegne?« »Es wird keinen Zweifel geben.« Die Antwort erschien prompt auf dem Display.

Die Arme hinter dem Kopf verschränkt, wartete er entspannt auf der Parkbank. Sie hatten Glück dieses Jahr, für Oktober war es noch ungewöhnlich warm. Plötzlich hatte er das Gefühl, als würde die Sonne etwas heller scheinen. Ein sanfter Wind wehte über die Wiese, als ein alter Mensch langsam aus einer kleinen Buchenschonung auf die Lichtung trat. Nicht groß, nicht klein, nicht zu dick, nicht zu dünn, die mittellangen Haare auf seinem Kopf waren leicht gelockt und weiß. Nichts an seiner Erscheinung war ungewöhnlich. Trotzdem zog seine Ankunft die gesamte Aufmerksamkeit auf sich. Die Gespräche der Erwachsenen verstummten, die Kinder hielten im Spiel inne. Hunde blieben abrupt stehen, legten die Köpfe schief und beobachteten konzentriert, wer sich näherte. Selbst die Eichhörnchen ließen die Nüsse fallen, hüpften über die Wiese und sprangen auf die Köpfe der Hunde, um besser sehen zu können. Mit einem beseelten Lächeln im Gesicht schaute alles und jeder

der schleichenden Person hinterher. Na ja, die Eichhörnchen lächelten natürlich nicht. Es hätte ihn aber nicht gewundert, wenn sie es getan hätten. In diesem Augenblick verspürten alle die Gewissheit, dass das Glück ihnen jederzeit begegnen könnte. Es dauerte keine zwei Sekunden, es war nur ein Gefühl und der leichte Wind trug es sofort wieder davon.

Die Gespräche setzten wieder ein, die Kinder spielten weiter mit den herumtollenden Hunden und die Eichhörnchen rasten verängstig zurück auf die Bäume.

Mühsam, wie eine Meeresschildkröte, die sich durch den Sand kämpft, kam Glück 4.0 über den Schotterweg näher.

»Meine Güte, wie langsam ist der denn? Wirf mal jemand ein Stöckchen auf den Weg, der fällt bestimmt auch in Zeitlupe drüber«. Bei dem Gedanken mußte er grinsen. Die Sonne schien immer noch hell und er schloss kurz seine Augen.

Als er sie wieder öffnete, zuckte er zusammen. Glück 4.0 saß bereits neben ihm. Die Schuhe abgestreift, ordentlich unter die Bank gestellt. Die Jacke - auf einem eigens dazu mitgebrachten Kleiderbügel – hing an der Rückenlehne.

Auf dem Schoß lag ein rotweiß kariertes Tuch, darauf ein belegtes Brötchen, von dem schon ein großes Stück abgebissen war. Trübe Augen beobachteten ihn; aufmerksam, wollten in sein Innerstes vordringen. Er blinzelte, die Sonne schien ihm genau ins Gesicht. Aber er widerstand dem Impuls sich abzuwenden. Diese Machtspiele funktionierten nicht mehr mit ihm. Er ließ sich von niemandem mehr zu etwas zwingen. Glück 4.0 kaute sorgsam weiter. Dann hielt er inne und die tiefen Falten, die eben noch durch die Bewegungen ein eigenständiges Leben zu führen schienen, erstarrten zu dunklen Linien. Ihm wurde etwas schwindlig. Sicher saß er schon viel zu lange in der Sonne.

Seine Augen lösten sich von dem erstarrten Gesicht und suchten auf den Armen seines Gegenübers einen neuen Ruhepunkt. Alles voller brauner und schwarzer Flecken. So alt! So verfallen! Das Glück hatte er sich anders vorgestellt.

Auffordernd wedelte Glück 4.0 mit dem Brötchen vor seinem Gesicht hin und her. »Nö, danke, bin Vegetarier«, ein wenig angewidert wich er zurück. »Aha!«. Von einem beiläufigen Schulterzucken begleitet, wanderte ein weiterer Bissen in den faltigen Mund. Die Augen schlossen sich. Es schien ihm, als wäre der Genuss dieses Bissens alles was gerade zählte.

Was denn? Kein Wort zur Begrüßung, aber Schinkenbrot hinhalten? Hab´ ich irgendwas verpasst? Ich bin doch nicht zum Picknick hergekommen. Er strich sich mit den Händen über die Oberschenkel und versucht, seine Ungeduld zu zügeln. Weshalb hatte er sich nicht etwas Wasser mitgenommen?

Sein Gegenüber öffnete langsam die Augen.

»Hör mir jetzt ganz genau zu!« Ein letzter Bissen wurde noch heruntergeschluckt. »Ich sage dir, wie unser Treffen ablaufen wird. Und starr nicht ständig auf meine Altersflecken. Das ist wirklich sehr ungehörig«. Glück 4.0 sprach leise und Missbilligung schwang in seinen Worten.   Aber das nahm er gar nicht wahr. So jung, so geschmeidig - die Stimme, die er gerade hörte, versetzte ihn in maßloses Staunen. Und beim besten Willen konnte er nicht erkennen, ob es die eines Mannes oder einer Frau war. Er überspielte seine Irritation. »Was gibt es denn da zu beachten?«

Sollte er sich etwa noch eine Gebrauchsanleitung für dieses Treffen anhören? Sie saßen hier bestimmt schon zehn Minuten an einem der langweiligsten Plätze der Stadt. Und abgesehen davon, dass ein belegtes Brot immer kleiner wurde, war nichts, absolut nichts geschehen.

Er musste da wohl mal etwas klarstellen.

»Du, du bist das Glück. Ich hab´ dich gefunden. Und jetzt? Jetzt musst du liefern! Ganz einfach, da gibt es nichts zu erklären«. »Na ja …«. Glück 4.0 wischte sich etwas Butter aus dem Mundwinkel. »… ganz so einfach ist es nun wieder nicht. Wenn man die Tatsachen genau betrachtet und die Kausalitäten exakt verfolgt, dann wirst du Folgendes feststellen: Ich habe Dich gesucht und gefunden. Und das wiederum bedeutet, dass du keine Ansprüche zu stellen hast. Also! Wenn dieses Treffen irgendein Ergebnis zeitigen soll, dann zu meinen Bedingungen«.

Mit seinem kleinlichen Gerede fing der Alte an, ihm ordentlich auf die Nerven zu gehen. »Also gut.« Er versuchte weiterhin höflich zu bleiben. »Wir sitzen hier im Park, du bist das Glück. Und okay, du hast mich gefunden. Soweit so gut. Trotzdem, du musst liefern. Du musst doch liefern! Mit mir teilen! Das macht das Glück: Menschen glücklich machen!«. Mit Genugtuung sah er ein leichtes Nicken.

»Damit hast du nicht ganz unrecht.« Glück 4.0 nahm einen weiteren Bissen. So langsam begann sein Geduldsfaden immer dünner zu werden und er war kurz davor aufzustehen und zu gehen. »Sorry, aber dir beim Kauen zusehen? Nö, da ist mir meine Zeit zu schade«. Wie konnte er nur glauben, dass ein Treffen mit einem schwachsinnigen Greis tatsächlich ein Glück wäre. »Und?« Er wollte gerade aufstehen, da legte dieser Greis das Brotfragment auf der Serviette ab und schaute ihn an. Er blieb sitzen. Okay, noch eine letzte Frage, dann würde er dieser Zeitverschwendung ein Ende setzen.

»Was würde dich denn glücklich machen?« Na endlich. Jetzt wurde es interessant. Da war sie, die Frage. Deshalb waren sie doch hier, oder nicht?

»Ich will das Ungeheuer von Loch Ness sehen«, schoss es voller Stolz aus ihm heraus.

So einen heftigen Hustenanfall hatte er bei noch niemandem erlebt. Für einen kurzen Augenblick hatte er die Befürchtung, das Glück könnte ersticken, ihn wieder verlassen. Nach Luft ringend starrte Glück 4.0 ihn an.

»Was?« Es war mehr ein Röcheln, als ein Wort. »Bist du vollkommen irre? Das Einzige, was dir zum Glück fehlt, ist Nessie von Loch Ness? Das ist nicht dein Ernst? Was erwartest du dir denn davon?« Glück 4.0 streckte seine Arme aus und wehrte seinen Wunsch mit einer heftigen Geste ab. »Nein! Glaub mir! Keine gute Wahl!«

»Du verstehst nicht, wie das funktioniert!« Er war jetzt wirklich sauer und griff so heftig nach der Schulter des Glücks, dass das Brot auf den Boden fiel. »Siehst du denn nicht, was für ein Wahnsinnsglück das für mich wäre?« Sein Griff wurde fester, seine Stimme angriffslustiger. »Damit online gehen, ich wäre berühmt. Meine posts, alles, durch die Decke würde alles gehen. Millionen von Follower gäb´s dann, das würde passieren!« Die Menschen, die um das seltsame Paar herum auf der Wiese saßen, unterbrachen erneut ihre Gespräche. Doch jetzt schauten sie besorgt, denn offensichtlich würde bald jemand Hilfe benötigen. Er bemerkte es, senkte seine Stimme und seine Hand. »Hast du überhaupt `ne Ahnung wie das heute läuft? Wie viel man mit `nem guten Kanal verdienen kann? Unfassbar viel!« Seine Lippen zitterten. Die ganzen Probleme mit der Wohnung, dem Job? Die wären alle weg. »Wenn einem das Glück begegnet, in die Hände nehmen – formen! Das weiß doch jeder. Ich mach das jetzt auch! Ich will das jetzt auch!« Seine Schultern sanken herab und sein Blick suchte einen Ort, weit entfernt, irgendwo in seiner Vergangenheit. »Ein bisschen Glück, nur ein kleines bisschen. Bring mich einfach dort hin. Den Rest regele ich schon alleine. Bitte!«

Glück 4.0 sah ihn besorgt an. Ein leichtes Zögern. Er hob sein Brötchen auf und schlug es in das Tuch ein. »Gut! Du willst das Ungeheuer von Loch Ness sehen, dann sollst du es auch sehen.« Ungeduld hatte sich in seine Stimme eingeschlichen. Kühl und distanziert klang sie jetzt. »Bist du bereit?«

Er sprang auf. Völlig außer sich ergriff er die Hände, die das Glück ihm entgegen streckte. »Wie? Ich werd verrückt! Na klar bin ich bereit. Jederzeit!« Er achtete nicht darauf, dass der Blick der trüben Augen alles Weiche verloren hatte. Er trippelte wie ein kleines Kind auf der Stelle und wusste, dass er alles richtig gemacht hatte. Wenn einem das Glück begegnete, durfte man nicht klein beigeben.

Im selben Augenblick, als ihre Hände sich berührten, presste sich ein kalter Wind in seine Lungen. Um ihn herum war die Farbe aus allem gewichen. Das helle, sonnige Blau, das ihn gerade noch gewärmt hatte, wurde von Wolken und Nebel verhangen. Es dauerte einige Sekunden, bis er realisierte, dass er nicht mehr im Park war. Unwillkürlich ließ er die Hände wieder los, wich verängstigt ein paar Schritte zurück. Er stand bis zu den Knöcheln im eiskaltem Wasser eines unfassbar langen Sees.

Loch Ness lag reglos zwischen den Hügeln. So weit sein Auge reichte, war das Wasser glatt und unbewegt. Ungläubig schaute er Glück 4.0 an, der auf eine Stelle im Wasser, nur wenige Meter vor ihm, zeigt. Aus der Tiefe stiegen Blasen an die Oberfläche. Immer stärker. Weißer Schaum zerplatzte. Die Wasseroberfläche begann sich aufzuwölben, bis sie plötzlich aufbrach.

Langsam tauchte, groß wie ein SUV, ein unförmiger Kopf auf und erhob sich auf einem irrwitzig dünnen Hals immer höher hinauf. Drei Meter, fünf Meter, sieben Meter, wuchs das Monster vor ihm in den Himmel.

Schwarze Augen fixierten ihn. Er hielt dem Blick stand und wusste, dass noch nie ein Mensch zuvor gesehen hatte, was er gerade erleben durfte. Zehn, vielleicht fünfzehn Meter von ihm entfernt, bäumte es sich mittlerweile haushoch über ihm auf. Wasser tropfte von der weißen, schuppigen

Haut. Sein Atem wurde langsamer, ruhiger. Seine zitternden Beine trugen ihn unwillkürlich tiefer ins Wasser, näher zu seinem Wunsch. Der Stoff seiner Hose hatte sich bereits bis zum Gürtel vollgesogen. Die Arme waren ausgestreckt, er wollte es spüren, umarmen. Die Kälte drang nicht mehr in sein Bewusstsein. Es schien ihm, als würden die Wassertropfen langsamer fallen. Dann blieben sie in der Luft stehen und schwebten über ihm. Nichts bewegte sich mehr, kein Laut war mehr zu hören. Das Rauschen des Blutes in seinen Ohren wurde immer stiller. Die Zeit ließ ihn alleine mit dem Unbegreiflichen.

»Ist es das, was du wolltest?« Glück 4.0 stellte die Frage schon zum dritten Mal. Er betrachtete das Lebewesen vor sich. »Ja«, antwortete er, »ja!« Tränen flossen über seine Wangen.

»Dann werde glücklich!« Das Glück lächelte und verschwand.

Dreimal musste er auf die schwarze Scheibe seines Smartphones tippen, bis sie hell wurde, so sehr zitterten seine Finger. Mit dem rechten Ärmel wischte er sich die Tränen aus den Augen. Tief durchatmen, lächeln.

»Hey Leute, ihr werdet nicht glauben wo ich gerade bin. Na? erkennt ihr´s? Hab ´nen kleinen Trip nach Schottland gemacht und schaut mal - ich bin ich total aufgeregt - schaut mal, wer da hinter mir im Wasser paddelt«.

Der kalte Wind, nasse Füße, erneut Tränen in den Augen. Egal. Das war der Moment, der sein ganzes Leben verändern sollte. Er hielt das Smartphone etwas weiter von sich weg und schaute über seine Schulter, zu dem Monster von Loch Ness.

Regungslos übertrug die Displaykamera, wie zwei Reihen messerscharfer Zähne auf ihn herabstürzten.

›Tagebuch, in Fragmenten erhalten‹

2097

Januar - in der Küche: Du bewegst deinen Mund. Ich kann es sehen. Niemals hätte ich es für möglich gehalten, dass mein Herz so schnell schlagen könnte.

Wild pulst es in meinem Hals, rauscht in meinen Ohren.

So laut. Ich kann dich nicht mehr verstehen. »Es ist endgültig aus!«

Deine Augen hatten immer die Farbe eines Sommerhimmels. Jetzt sind sie kalt und hart. Wie ein Gletscher, dessen blaues Eis abschmilzt, rinnen Tränen über deine Wangen. Alles beginnt sich zu drehen. Muss mich setzen, bevor meine Beine unter mir wegsacken. Einfach so? Vorbei? Ohne Vorwarnung, ohne Hinweise! Mein Magen krampft sich zusammen und in mir steigt etwas Bitteres auf.

Februar - auf dem Sofa: Seit wie vielen Tagen war ich nicht mehr vor der Tür? Egal, ich will da auch nicht raus; will niemanden sehen. Auf der Arbeit habe ich mich krank gemeldet. Ich gehe auch nicht mehr einkaufen. Essen wird geliefert und steht täglich vor der Tür. Zur Zeit ist es das einzig Verlässliche in meinem Leben.

Ich kann mich noch vage daran erinnern, wie es war, als man selbst einkaufen ging. Mit meinem Vater war das. Ganz klein war ich und habe nicht verstanden, warum meine

Mutter nicht mehr nach Hause kommen konnte? Die Leute haben mir über den Kopf gestrichen und mich so seltsam angeschaut. »Das wird schon wieder«, haben sie gesagt und, dass jeder Kummer vorüber gehe. Einmal hat mir jemand einen Luftballon geschenkt. Seltsam, dass mir der gerade jetzt einfällt. Mein Vater hatte ihn mit einer Schnur an mein Handgelenk gebunden und dann war dieser große, blaue Ball mein tröstender Begleiter, hielt mich aufrecht. Viele Wochen kreiste er wie ein Satellit über mir. Bis er sein Gas verloren hatte und ich nur noch seine Hülle hinter mir her zog.

Jetzt wünsche ich mir wieder diesen Halt, aber da ist keine Schnur mehr an meinem Handgelenk. Keine Verbindung. Ich schaue aus dem Fenster. Draußen geht der Mond auf, grau und fahl schwebt er über die Häuser. Bei seinem Anblick wird mir ein wenig leichter ums Herz.

Kaum vorstellbar, dass dort oben schon seit dreißig Jahren Menschen leben.

März - im Bett: Der viel zu kleine Bildschirm meines Handys ist seit Wochen mein einziger Kontakt zur Welt. In Portionen von jeweils 30 Sekunden, schaue ich mir an, was scheinbar unerlässlich für das Leben ist. Wie man ein Klo richtig putzt. Oder mit einem Seil einen Knoten bindet; Katzenvideos. Ein Mensch demonstriert im Schnelldurchlauf die richtige Methode, eine Konservendose im Vakuum zu öffnen. Lebensmittelreste in geeigneten Gefäßen im Kühlschrank aufzubewahren, scheint gerade einer der neuen

Trends zu sein. Fitnessübungen folgen Schmink-Tipps. Jede Schwäche wird weggemacht, jede Narbe entfernt. Jeder Beweis, dass es ein Leben vor diesem Augenblick gab. Eine Verbindung, die nie hätte getrennt werden dürfen.

So vergehen die Stunden, die Wochen, im 30 Sekunden-Takt. Und mit jedem Seil, das um einen Pfosten geknotet wird, mit jeder Katze, die sich ungeschickt von Vorhang zu Vorhang hangelt, zieht sich das Leben aus mir zurück. Schaut mich im Weggehen noch traurig an. Als wollte es mir über den Kopf streicheln und sagen, dass jeder Kummer vorübergehe.

Ich habe keine Zeit, seinen Blick zu erwidern, lasse mich durch das unermessliche Angebot an hilfreichen Tipps.

Es muss dort draußen einen Ausweg geben. Die perfekte Möglichkeit, in 30 Sekunden zu lernen, das Leben wieder zu genießen.

Vor mir taucht ein Werbeclip der großen Mondstation auf. Ich lasse ihn noch einmal von vorne laufen. Und noch einmal. Wie hypnotisiert schaue ich ihn wieder und wieder an. Ein tiefer Atemzug. Ich lege das Handy zum ersten Mal seit Monaten aus der Hand und sehe trotzdem meine Zukunft ganz klar vor mir: Ich muss weg von hier.

April - im Bett: Irgendwo unter der Decke macht es leise »pling«. Abwesend greife ich nach dem Laptop, um die Mail zu lesen. Im Absenderfeld das Logo der Mondstation. Meine Finger zittern so stark, dass ich die Tastatur kaum bedienen kann. Noch bevor mein Verstand begreift was ich lese, schießen Tränen aus meinen Augen. Heiß fließt die Erleichterung in meinen jubelnden Mund. Ich bin angenommen. Ich komme weg von hier. Sie suchen Schweißer. Dort oben braucht mich jemand. Sie wollen, dass ich mit einem Lichtbogen Metalle für immer miteinander verbinde. Ich kann mir kaum etwas Poetischeres vorstellen. Als würde man zur Hochzeit statt der Ringe eine Niere tauschen.

Mai - in der Rakete, Geruch von Kunststoff: Die Triebwerke haben gerade gezündet und ich spüre in meinem ganzen Körper ein dumpfes Vibrieren.

Das laute Fauchen der blauen Flammen, die viele Meter unter mir auf den Boden schlagen, dringt nur ganz schwach bis zur Kabine herauf. Jetzt hebt die Rakete ab , wuchtet das Vielfache meines Körpergewichtes auf mich.

Dass die Erde mein Weggehen so brachial verhindern will, davon war in keinem Video die Rede. Völlig unvermittelt erhebt sie ihren Besitzanspruch auf mich. Versucht meine Gliedmaßen gewaltsam zurückzuhalten, krallt sich brutal in meine Eingeweiden. Ein Kribbeln steigt wie Ameisen in meinen Händen hoch. Erreicht meinen Hals, meine Lippen, bis ich mein Gesicht nicht mehr spüre. »Lass los«, versuche ich zu rufen, doch mein Mund ist zu trocken, kann keinen Laut bilden. Panik, Zittern. Die Sicherheitsgurte - viel zu straff, mein Atem – schwer, flach. Krieg keine Luft. Alles dreht sich. Zweifel steigt auf. Ein ganzer Planet, der nicht will, dass ich ihn verlasse? Dann ist alles still und schwarz. Ich bin ohnmächtig.

August - Mondstation, Eintrag 47: Die Tage sind angefüllt mit Arbeit. So ganz begriffen habe ich immer noch nicht, dass ich nun hier lebe. Ein seltsames Gefühl. Alles ist leichter. Nicht nur mein Körper. Jeden Tag, wenn ich meine Arbeit draußen beendet habe und wieder in die Station gehe, bürste ich sorgfältig den Staub von meinen Stiefeln ab.

Das ist einer der seltenen Augenblicke, in denen ich Ruhe finden kann. Und jedes mal schwebt mit dem Staub auch lautlos ein wenig von meinem Kummer und meiner Trauer davon. Dann schaue ich auf und spüre, dass dieser Staub, der die Mondoberfläche meterdick bedeckt, aus den Sorgen von Menschen besteht. Menschen, die schon lange vergessen sind, Menschen, die noch leben. Sie alle haben nachts hier herauf geschaut. Durch die flirrende Atmosphäre, die Doppelbilder und Unsicherheit erzeugt, haben sie versucht einen Ort zu finden, der beständig ist, auf den sie ihre Last ablegen konnten. Und der Mond hat die Sorgen von ihren Herzen abgebürstet.

September - am Rand eines Kraters: Der erste freie Tag. Über dem Horizont geht lautlos die Erde auf. Groß und ganz nah, als wäre sie mit einer Schnur an meinem Handgelenk angebunden. Ein blauer Mond.

Es gab einmal einen Luftballon. Und deine Augen, die zuerst der Himmel für mich waren und dann zum Ozean wurden, in dem ich fast ertrunken wäre.

Jetzt umhüllt mich ein Anzug, in dem ich atmen kann. Er schützt mich vor der Stille und der Leere die mich umgibt, mich erfüllt.

Wolfgang Grund

Dieser kleine Band mit Kurzgeschichten war für mich etwas Neues. Mit meiner Schwester und zwei anderen, mir bis dahin unbekannten, Autorinnen und Autoren so etwas zu veröffentlichen, kann man nur als Abenteuer bezeichnen. Aber es hat Spaß gemacht und der Blick über den Tellerrand war interessant und anregend.

Ich habe vier neue Geschichten zu diesem Buch beigesteuert und hoffe, dass sie dem Leser gefallen werden. Jetzt viel Spaß und gute Unterhaltung!

Noch ein paar Worte zu mir. Seit fast zehn Jahren konzentriere ich mich die meiste Zeit auf meine Protagonisten. Zum einen auf den, mir sehr ähnlichen, Wolfgang Prakl und andererseits auf Wotan Wilde und Eva Witten, die ich mit meiner Schwester und Co-Autorin Maria Stich in vielen Büchern zum Leben erwecke.

Aber schaut selber auf www.grund-wolfgang.de.

›Der Tank‹

Als Wolfgang Prakl aufwachte, fiel ihm als erstes auf, dass er kein Geräusch hörte. Nichts! Es war absolut still. Er öffnete vorsichtig die Augen. Es war dunkel. Kein Licht, außer einem kleinen Kontrollpad, links neben seinem Kopf. Eine eingebaute Digitaluhr zeigte 7:00am in grünen Lettern. Der Doppelpunkt der Uhrzeit blinkte beruhigend im Sekundentakt. Es war also der nächste Morgen, seit er das letzte Mal auf seine Armbanduhr geblickt hatte.

Aber verdammt nochmal, wo war er?

Er lag im Wasser und hatte, außer einer Badehose, nichts an. Das Wasser war angenehm warm und er schwebte darin. Er vermutete, dass es sich um Salzwasser handelte. Vorsichtig steckte er den Zeigefinger in den Mund und leckte etwas Flüssigkeit ab. Salz, das schmeckte ziemlich salzig.

Das war eindeutig und es gab keine andere Interpretationsmöglichkeit. Er lag in einem Floating Tank, eine Premiere für ihn. Vorsichtig ertastete er den Deckel des Tanks über sich mit beiden Händen und drückte. Es bewegte sich nichts. Er winkelte seine Beine an und stützte sie am Deckel ab, dann übte er zunehmenden Druck auf ihn aus. Das beeindruckte aber den Deckel überhaupt nicht. Er blieb geschlossen. Eingesperrt, er war eingesperrt! Kurzzeitig überkam ihn ein Anflug von Panik, aber klaustrophobisch war er eigentlich noch nie gewesen.

Zugegeben, zumindest lebte er noch, dennoch, richtig wohl fühlte er sich mit dieser Situation nicht. Aber was sollte er jetzt tun? So langsam begann sich Panik in ihm breit zu machen. Und diesmal drehte er wirklich durch.

»Hilfe! Lasst mich hier raus! Hilfe!«, begann er zu schreien, bis er seine Stimme verlor. Völlig erschöpft und außer Atem lag er dann in der lauwarmen Plörre. Nichts geschah. Das war ja klar! Wer sollte ihn hier auch hören? Das Ding war sicher schallisoliert. Genau so wenig, wie er etwas von draußen hörte, konnte ihn auch niemand da draußen hören.

Und dann geschah, wovor er schon seit geraumer Zeit Angst gehabt hatte. Er musste pinkeln! Zuerst sperrte er sich mit allem, was er mobilisieren konnte dagegen. Aber dann kam der Zeitpunkt, an dem es kein Halten mehr gab. Angewidert von sich selbst ließ er es laufen. Uringeruch verbreitete sich in dem kleinen Raum. Er würgte und schluckte und versuchte nicht in seinen Salzsee zu kotzen.

Aber dann wurde der Geruch wieder schwächer und das lag sicher nicht daran, dass er sich daran gewöhnte. Offenbar wurde das Wasser umgewälzt und durch neues ersetzt. Er atmete auf. Das war doch mal eine gute Entdeckung.

Nach dieser positiven Erkenntnis war er dann offenbar kurzzeitig eingeschlafen. Die Uhr zeigte 3:00pm, als er wieder auf sie sah.

Wie war er nur in diese missliche Situation geraten? Das Geschehen spulte sich vor seinem geistigen Auge wie ein Film ab, soweit er sich noch erinnern konnte.

Der Tag hatte eigentlich ganz normal begonnen. Er hatte mit seiner Freundin Sophia gefrühstückt, ihr dann einen Kuss aufgehaucht und war mit ihrem Hund Kant Gassi gegangen. Als sie am Haus von Morgane und Bertram Hubmoser vorbei kamen, hatte der braune Beauceron wie wahnsinnig zu bellen begonnen. Daraufhin hatte er das Gartentor geöffnet und war den kleinen Weg zur Haustür entlang gegangen. Gerade hob er die Hand, um zu klingeln, als die Tür aufgerissen wurde und ein schwarz gekleideter Mann herausstürzte. Der sah ihn mit leeren Augen aus den Sehschlitzen einer Skimaske an, rempelte ihn an und brachte ihn beinahe zu Fall. Dann lief der Fremde mit großen Schritten über den Rasen davon.

Etwas perplex hatte er ihm noch hinterher gerufen: »Hey, was soll das?«, bekam aber keine Antwort. Er hielt den Hund am Halsband fest und trat ins Haus.

»Hallo! Bertram, Morgane, seid ihr da?«, rief er und ging langsam den Flur in Richtung Wohnzimmer weiter.

Und dann sah er ihn. Bertram kniete mit einem Messer in der Hand neben Morgane und starrte seinen Nachbarn mit vor Schreck geweiteten Augen an.

»Sie ist tot! Morgane ist tot!«, stotterte er. Gleichzeitig ließ er das Messer fallen und wischte sich das Blut an seinen Händen an seiner Jeans ab.

»Tot, tot, tot!«, brüllte Bertram wie von Sinnen in den Raum.

Wolfgang beugte sich zu ihm hinunter, packte ihn an den Schultern und fragte fassungslos: »Warum hast du das getan? Wir müssen die Polizei holen, das ist dir doch klar!«

»Nein, keine Polizei! Bitte!«, flehte Bertram leise.

»Aber ich kann nicht anders! Du hast schließlich deine Frau getötet! Wenn du dich stellst, wirkt sich das bestimmt positiv auf dein Strafmaß aus«, stellte Wolfgang erstaunlich ruhig fest.

Kant leckte inzwischen das Blut auf, das sich in einer Lache neben der Toten auf den Holzdielen sammelte. Der Hund schien der einzige Glückliche in diesem Szenarium.

»Kant, spinnst du, hör auf!« Wolfgangs Stimme war kurz vor dem Überkippen. Das hatte ihm gerade noch gefehlt. Ein Nachbar, der zum Mörder geworden war und ein Hund, der kurz davor war die Leiche zu zerfleischen.

Was würde als nächstes kommen? Würde die Leiche wieder auferstehen? Schlimmer konnte es fast nicht mehr kommen.

»Das war alles ganz anders, als es jetzt aussieht!«, setzte Bertram an.

»Ich sehe eine Tote und jemandem mit einem blutigen Messer in der Hand über sie gebeugt. Was soll da ganz anders gewesen sein?«, stellte Wolfgang trocken fest.

»Das war der schwarz gekleidete Mann! Ich bin nur dazu gekommen! Hast du ihn nicht auch gesehen? Du hast ihn doch auch gesehen? Ich bilde mir das doch nicht ein!«, Bertrams Stimme wurde wieder fester.

»Ich rufe jetzt die Polizei! Das mit dem Mann wird sich klären. Und beruhige dich, ich habe ihn auch gesehen.« Wolfgang ließ sich nicht beirren.

»Und wenn ich dir sage, dass ich weiß, wer der Mörder ist?« Bertram gab nicht auf. Entweder er lügt mich offen an oder er ist doch unschuldig, dachte Wolfgang und begann zu zweifeln.

»Und wer ist es? Kenne ich ihn auch? Und warum hat er das gemacht?«, wollte Wolfgang nun doch wissen.

»Er ist sicher noch da draußen und wartet auf die Gelegenheit zurückzukommen und mich auch umzubringen«, sagte Bertram hysterisch, ohne auf die Frage von Wolfgang einzugehen.

»Du spinnst doch und willst dich nur raus reden, das ist, was ich glaube!« Wolfgang hatte langsam genug von Bertrams Gefasel.

»Ich mache dir einen Vorschlag. Ich verschwinde von hier, du rufst die Polizei und sagst, dass dein Hund die Leiche gefunden hat. Wenn sich hier wieder alles beruhigt hat, dann schnappen wir uns den Mörder«, schlug Bertram vor und sah Wolfgang erwartungsvoll an. Der dachte kurz nach und zog Kant, der inzwischen anscheinend auf den Geschmack gekommen war und begeistert weiter Blut leckte, von der Lache weg.

»Aus Kant! Aus!«, befahl er dem Hund, der anscheinend im Blutrausch war.

Dann sah er Bertram an: »Gut, ich will dir mal glauben! Aber nur, weil wir uns schon so lange kennen. Hau ab, ich ruf dich an, wenn die Luft wieder rein ist.«

Bertram hob das Messer wieder auf, wischte mit seinem Taschentuch den Griff ab und platzierte es neben der Leiche. Anschließend warf er Wolfgang einen verschwörerischen Blick zu und verschwand durch die Terrassentür im Garten.

Dann nahm alles seinen Lauf. Wolfgang rief die Polizei an. Ein Hauptkommissar Norbert Gottmann, mit einer, rassig aussehenden, Hauptkommissarin Yara Izny, erschien mit einem Tross von Polizisten und befragte Wolfgang, der sich tapfer schlug und alles auf einen schwarz gekleideten Mann schob. Dann stellte Wolfgang fest, dass Yara Izny iranische Wurzeln hatte und sie unterhielten sich über seine Motorradreise in den Iran.

Zwei Angestellte des ›Institutes letzte Ruhe‹ brachten die Leiche weg und irgendwann stand Wolfgang mit einer langsam eintrocknenden Blutlache im Wohnzimmer, rief Bertram an und wartete ungeduldig auf seine Rückkehr.

Doch der kam nicht. Sollte er sich so in ihm getäuscht haben? War Bertram nur ein gemeines Verbrecherschwein, ein Frauenmörder und Lügner? Nach einer Stunde war er sich sicher, nach zwei Stunden felsenfest überzeugt. Er war verarscht worden von seinem angeblich besten Freund.

Gerade wollte er zur Polizei und zur Hauptkommissarin Izny aufbrechen, um die wahren Hintergründe offenzulegen, als Kant zu bellen begann und wie wild an seiner Leine zerrte.

Irgendwer schlich ums Haus. Bertram war das sicher nicht, den kannte der Hund ja. Aber vielleicht kam der Mörder wirklich zurück? Hatte Bertram doch nicht gelogen? Wo war der denn nur? Verdammt! Jetzt hätte er seinen Nachbarn und Freund gebraucht!

Geistesgegenwärtig duckte er sich hinters Sofa und hielt Kant die Schnauze zu, was der entrüstet mit schlangenartigen Bewegungen quittierte.

»Halt die Klappe! Hundsvieh!«, zischte Wolfgang. Als ob er das verstanden hätte, gab Kant auf und Wolfgang ließ vorsichtig sein Maul los. Erleichtert wandte Wolfgang sich wieder dem Wohnzimmer zu.

»Bertram! Hallo! Hast du Wolfgang gesehen?«, hörte er seine Freundin Sophia. Was wollte die hier? Das Bellen von Kant war also kein Wachhundbellen, sondern ein Begrüßungsbellen gewesen.

Verdammt, Sophia hatte er in dem ganzen Kuddelmuddel völlig vergessen und sie nicht verständigt, dass er im Nachbarhaus auf die Rückkehr eines Mörders wartete. Und er meinte damit nicht den Fremden, sondern Bertram.

»Sophia, komm her!«, Wolfgang war hinter dem Sofa aufgestanden und winkte Sophia zu sich. »Versteck dich und halt die Klappe!«, befahl er.

Sophia sah ihn entsetzt an. So redete er normalerweise nicht mit ihr. Dann entdeckte sie die Blutlache auf dem Boden, stieg mit einem großen Schritt darüber und kauerte sich neben Wolfgang hinters Sofa.

»Was ist hier los?«, flüsterte sie. Offenbar hatte sie den Ernst der Lage erkannt.

»Morgane ist tot, Bertram hat sie getötet und wir warten auf einen schwarz gekleideten Mann oder auf die Rückkehr von Bertram«, fasste Wolfgang kurz und bündig zusammen.

»Wie, tot? Und Bertram hat sie getötet? Spinnst du? Hast du was geraucht? Schau mich mal an.« Sophia war entrüstet.

»Niemand hat hier einen Joint geraucht. Das würde ich ohne dich nie machen, das weißt du doch! Und jetzt halt endlich die Klappe!« Wolfgang hatte genug.

Wortlos hockten sie hinter dem Sofa. Wolfgang spähte über die Lehne, Sophia lehnte mit dem Rücken am Sofa und hatte die Beine ausgestreckt. Kant war offenbar mit der Anwesenheit seines Rudels zufrieden, hatte sich zusammen gerollt und schlief.

Von Bertram und dem Fremden war weit und breit nichts zu sehen. Schön verarscht, dachte Wolfgang, als plötzlich der Strahl einer Taschenlampe in das inzwischen abendlich dustere Wohnzimmer fiel. In Wolfgang kam wieder Leben und auch Sophia, die vorübergehend weg gedöst war, drehte sich um und starrte auf den Besucher. Nur Kant schlief den Schlaf des Gerechten.

Im Dämmerlicht konnte man eine Gestalt erkennen, die offensichtlich schwarz gekleidet war und sich an den Schubläden des Wohnzimmerschrankes zu schaffen machte.

»Das ist der Mörder«, flüsterte Wolfgang Sophia zu, »Ich schleiche mich an und halte ihn fest und du machst das Licht an!«

»Ob das so eine gute Idee ist?«, fragte Sophia mit zittriger Stimme.

»Mach das Licht an und Schnauze!«, war die kurze Antwort von Wolfgang. Er stand auf und schlich zu dem Unbekannten. Dann stand er hinter ihm, während der immer noch in den Schubladen kramte. Wolfgang bohrte den Zeigefinger seiner rechten Hand in den Rücken des angeblichen Mörders.

»Aufstehen und keine falsche Bewegung, sonst hast du ein Loch im Rücken!«, befahl er. Der Einbrecher kam langsam hoch und schien sich seinem Schicksal zu ergeben. Dann drehte er sich plötzlich um, ergriff den rechten Arm von Wolfgang und bog ihn auf dessen Rücken. Wolfgang gab einen erstickten Laut von sich. In dem Moment ging das Licht an. Alle waren für kurze Zeit geblendet und wie erstarrt.

Schlagartig ließ der Eindringling mit der Skimaske Wolfgangs Arm los und hastete durch die Terrassentür in den Garten. Wolfgang folgte ihm noch ein paar Meter, musste dann aber schwer atmend aufgeben. Ein alter Mann war schließlich kein D-Zug mehr.

»Kant, fass, du nutzloses Tier!«, rief Sophia und trat nach dem armen Hund, den das Spektakel aufgeweckt hatte. Der schien den Ernst der Lage zu verstehen und verschwand in der Dunkelheit des Gartens. Kurz darauf war ein Schuss zu hören und das Aufjaulen eines Hundes.

Wolfgang sah Sophia entsetzt an: »Was ist da passiert?« In dem Moment kam Kant schon angehumpelt. Aus einer Wunde an seinem Hinterteil quoll Blut.

»Kant! Armer Hund! Hat das Schwein auf dich geschossen?«, rief Sophia und wollte ihn hochheben. Aber Kant fiepte und jaulte und versuchte sie zu beißen.

»Wir müssen sofort zum Tierarzt!«, befahl Sophia.

»Ich hol das Auto!«, Wolfgang lief durch die Terrassentür nach draußen und dann zu ihrem Carport. Dabei sah er sich immer wieder um. Er wollte schließlich nicht wie Kant enden.

Wo war jetzt nur der verflixter Autoschlüssel? Der musste im Haus am Schlüsselbrett sein! Aber wo war der Hausschlüssel? Er wusste es nicht. Verzweifelt versuchte er sein Auto zu öffnen, aber es war vorschriftsmäßig verschlossen. Er verfluchte seine Akribie.

Dann nahm er eben das Auto von Sophia. Und tatsächlich ließ sich die Fahrertür öffnen. Er rutschte ins Innere und schlug die Tür zu. Es war stockdunkel. Da hörte er Geräusche vor der Beifahrertür. Jemand versucht sie zu öffnen. War das der schwarze gekleidete Mann oder war es Bertram im Blutrausch? Es konnte auf jeden Fall nichts Positives sein.

Dann wurde die Beifahrertür aufgerissen. Mattes Licht fiel in den Raum.

»Herr Prakl, eine Stunde ist vorbei! Ich hoffe, sie haben sich entspannen können!«, sagte eine weibliche Stimme.

Wolfgang sah sich um und ertastete das Wasser unter sich. Er lag noch immer in seinem Floating Tank. Der Deckel über ihm war geöffnet worden und eine blonde, stark geschminkte Dame sah ihn lächelnd an. Irgendwie kam sie ihm bekannt vor.

»Entspannend war das sicher nicht!«, sagte er bitter, »Ganz im Gegenteil!«[i]

›Schrödingers Katze‹

»Alles Gute zum Hochzeitstag, mein Liebster!«, flötete Bettina. Sie hatte gerade die Augen aufgeschlagen und sich dann zu Erwin umgedreht. »Bist du schon länger wach?«

Erwin antwortete nicht. Er saß, an das Kopfteil des Bettes gelehnt, und starrte ins Leere.

»Schatz?«, Bettina versuchte ihn mit einem Kuss aus seiner Dornröschenstarre zu lösen.

»Hast du eigentlich schon einmal von Schrödingers Katze gehört?«, fragte Erwin völlig unzusammenhängend und sah Bettina fragend an.

»Dieser Schrödinger, das ist doch wieder irgend einer deiner verkalkten Physiker, oder meinst du den Klavierspieler aus den ›Peanuts‹?«, Bettina wirkte nicht sehr interessiert.

»Ja genau, das war irgend so ein verkalkter Physiker. Mich wundert es übrigens, dass du die ›Peanuts‹ kennst. Auf jeden Fall hat der schon im Jahr 1935 ein Gedankenexperiment gemacht«, begann Erwin auszuholen.

»Ich mache Frühstück, bis du zum Punkt gekommen bist!« Bettina hatte an ihrem Hochzeitstag keine Lust auf Gespräche über Physik.

»Du bleibst hier und hörst dir das jetzt an. Ohne Schrödinger hätte ich dich wahrscheinlich nie geheiratet!«, postulierte Erwin, »Oder genauer, ich hätte mich nicht zu einem Antrag überwinden können.«

Bettina sah Erwin ungläubig an. Dass er ein begnadeter und allseits respektierter Physiker war, wusste sie schon, aber dass seine Passion auch Einfluss auf ihre Ehe gehabt hatte, erstaunte sie doch etwas.

Erwin fixierte seine Frau und begann: »Bei dem Gedankenexperiment geht es um Folgendes: In einer verschlossenen Kiste ist radioaktives Material, ein Hammer, eine Ampulle mit Gift und eine Katze.«

»Diese Zusammenstellung wollte ich auch schon immer in einer Kiste aufbewahren!« Bettina grinste.

»Diesen Scherz verzeihe ich dir nur, weil wir heute Hochzeitstag haben. Herzlichen Glückwunsch übrigens. Geschenk gibt's später, aber nur, wenn du jetzt konzentriert zuhörst!« Erwin sah Bettina strafend an.

»Was bekomme ich...«, hob Bettina an.

»Ruhe jetzt, Fragen erst, wenn ich fertig bin!«

»...denn für ein Geschenk?«, murmelte Bettina.

Erwin ließ sich davon nicht beirren und fuhr fort: »Also, das Ganze funktioniert folgendermaßen. Wenn ein Atom im radioaktiven Material zerfällt, wird der Hammer aktiviert, zerschlägt die Ampulle mit dem Gift und Zack, ist die Katze tot. Da aber niemand sagen kann, wann ein Atom zerfällt, weiß man auch nicht, ob die Katze im Moment tot ist oder lebt«, erklärte Erwin und sah Bettina an.

»Und wozu ist das nun gut und was hat es mit uns zu tun?«, wollte Bettina wissen.

»Das hat erst mal mit der Quantenmechanik zu tun. Dort

gibt es sogenannte Zwischenzustände. Aber darum geht es hier gar nicht. Es geht darum, dass damals vor 26 Jahren mein Heiratsantrag wie bei Schrödingers Katze war«, erwiderte Erwin triumphierend.

»Jetzt verstehe ich überhaupt nichts mehr. Ich wusste nicht, dass eine Katze für unsere Hochzeit verantwortlich ist. Ich bin übrigen allergisch! Falls das die Vorbereitung darauf sein sollte, dass du mir zum Hochzeitstag eine Katze schenken willst, vergiss es gleich wieder!« Bettina war sichtlich entrüstet und verschränkte die Arme vor der Brust.

»Blödsinn und nicht zielführend! Also zurück in der Zeit. Damals hatten wir Schluss gemacht, nein, eigentlich hast du mich ziemlich unsanft abserviert. Und ich habe dich so geliebt! Und all das wegen dieses Walter Boregards, dieser hohlen Nuss!« Erwin schien wirklich aufgebracht bei der Erinnerung an ihn.

»Ja, Walter, der war cool. Und einen Body hatte der! Na ja, an deinen Intellekt kam er vielleicht nicht ran, aber darauf war ich damals auch nicht so direkt fokussiert«, schwärmte Bettina und sah träumend in die Luft, »Was der heute wohl macht?«

»Wahrscheinlich putzt er Klos auf Malle! Dass du mich damals einfach so stehen gelassen hast und mit wehenden Fahnen zu Walter gewechselt bist, habe ich dir übrigens nie ganz verziehen. Aber vielleicht lag es ja auch ein bisschen an mir. Ich wollte dir damals eigentlich einen Heiratsantrag machen, aber offenbar hatte ich den richtigen Zeitpunkt irgendwie verpasst und anschließend war ich zu feige etwas zu unternehmen. Dann hat mich aus heiterem Himmel mein bester Freund Bernd angerufen und mir erzählt, dass Walter dich wahrscheinlich fragen wollte, ob du ihn heiratest.« Die Geschichte wühlte Erwin immer noch auf, sodass seine Stimme zitterte.

»Davon hatte ich damals ja überhaupt keine Ahnung, dass es einen Zweikampf um meine Hand gab! Der Walter war sooooo süß!«, flötete Bettina. Sie fühlte sie immer noch davon angetan, dass sie damals so begehrt gewesen war.

»Ja bestimmt! Sooooo süß war ich damals auch! Aber ich war zum Zeitpunkt des Anrufs etwa 100 Kilometer von deinem Standort entfernt. Deshalb habe ich Bernd beauftragt, dich im Auge zu behalten, beziehungsweise dieses Arschloch von Walter. Er sollte ihn nicht zu dir lassen, bis ich da war.« Erwin machte eine Kunstpause. »Ich habe dann sofort alles liegen und stehen lassen und mich in mein Auto gesetzt und war in Richtung zu dir los gefahren. Etwa 30 Minuten später und 40 Kilometer näher an deiner Wohnung rief mich Bernd wieder an.

»Walter ist hier aufgetaucht und ich habe versucht ihn aufzuhalten. Aber...«, teilte er mir mit und wirkte ziemlich geknickt.

»Aber du hast ja schon gesagt, dass Walter ganz schöne Muckis hatte und Bernd war nur ein schmächtiger Physikstudent!«, stellte Erwin fest, »Ich sagte dann nur zu Bernd, Schrödingers Katze, du verstehst.«

Seine Antwort war damals kurz und ergreifend: »Da hilft es

nur, die Kiste zu öffnen.«

»Da hatte er recht. Das hat mich angespornt! Die letzten 60 Kilometer habe ich im Blindflug genommen. Bernd stand vor dem Haus und hat mich am Telefon genau darüber informiert, ob ihr schon im siebten Himmel schwebend das Haus verlassen hattet oder ob ekstatische Schreie aus deinem gekippten Fenster drangen. Aber alles blieb ruhig. Die Katze war offenbar noch am Leben oder tot, beziehungsweise der Antrag gemacht oder nicht, niemand wusste es so genau, wie von Schrödinger vorausgesagt. Schließlich erreichte ich abgehetzt, vor Schweiß triefend und schon fast in eine Depression abrutschend, dein Haus.« Erwin war heruntergerutscht und lag kreidebleich neben Bettina im Bett.

»Bernd stand zu dem Zeitpunkt völlig gelassen an der Haustür und meldete mir seelenruhig, dass alles ruhig sei«, fuhr Erwin fort.

»Das nimmt dich ja immer noch ganz schön mit, wenn ich das damals nur geahnt hätte!«, sagte Bettina gedankenverloren.

Erwin atmete tief durch. »Und dann habe ich an deiner Tür geklingelt und damit die Büchse der Pandora, beziehungsweise die Kiste von Schrödinger geöffnet. Bevor du etwas sagen konntest, bin ich auf die Knie gefallen und habe stotternd gefragt: »Bin ich zu spät, bist du schon verlobt?«. Und ich habe dir den Ring präsentiert. Zu meiner Überraschung hat dich das aber offenbar gar nicht überrascht, du hast den Kopf geschüttelt und ziemlich schnell ja gesagt. In meiner Glückseligkeit habe ich gar nicht nach Walter gefragt, ihn einfach total aus meinem Gehirn getilgt. Von einer Katze war übrigens auch nichts zu sehen.«

»Würde es dich sehr überraschen, wenn ich dir jetzt beichte, dass es in der Kiste nie eine Katze gegeben hat?«, fragte Bettina.

»Wie meinst du das? Schrödingers Katze funktioniert nur mit eben dieser!«, antwortete Erwin erstaunt.

»Denk nach! Dein überlegener Physikerverstand und deine brillante Intelligenz sollten auch das Rätsel von Bettinas nicht vorhandener Katze lösen können«, feixte Bettina.

Es entstand eine längere Pause, während Erwin nachdachte.

»Jetzt weiß ich es. Es ging nie um Schrödingers Katze, sondern um die Heisenbergsche Unschärferelation, die aussagt, dass man nie zwei Eigenschaften eines Teilchen gleichzeitig bestimmen kann. So zum Beispiel den Ort und den Impuls. Das Teilchen war Walter. Bestimmen konnte man den Ort, er war nicht bei dir, unsicher war der Impuls, der ihn zu dir geführt hätte, um einen Antrag zu machen. Kurz gesagt, du und Bernd, ihr beide habt mich reingelegt. Walter war nie bei dir, geschweige, dass er dir einen Heiratsantrag machen wollte. So einfach ist angewandte Physik und so effektiv! Aber jetzt lass uns frühstücken, bevor ich dir nachträglich noch böse werde«, beendete Erwin seinen Vortrag. Er schwang mit einem Grinsen im Gesicht seine Beine aus dem Bett und Bettina schwor sich, im nächsten Leben Experimentalphysikerin zu werden.

›Liebesnächte‹

25. April 2023

Sonja kam splitternackt mit dem Tablett mit Frühstück in den Händen ins Schlafzimmer. Ihr langes, tiefschwarzes Haar verdeckte fast zu Gänze ihren jugendlich festen Busen, dessen Warzen tapfer nach oben standen. Sie stellte es auf das Nachtkästchen neben dem Bett ihres, noch schlafenden Freundes, Johannes.

Nach langen Kämpfen im IKEA Möbelhaus hatten sie sich für die ›KULLEN‹ Kommode entschieden, weil sie besser zum Bett ›IDANÄS‹ passte. Als junges Paar mit wenig Geld war die Auswahl nicht sehr groß. Sonja schob diese gar nicht passenden Gedanken beiseite und beugte sich zu Johannes hinunter.

»Happy Birthday, Liebster!«, flüsterte sie ihm ins Ohr und pustete dann einen Schwall Luft hinterher. Johannes schreckte hoch, riss die Augen auf und wirkte kurzzeitig orientierungslos, bis er begriff, was um ihn herum vorging.

»Ich hab' dir Frühstück gemacht, mein Schatz! Geburtstagsfrühstück, um genau zu sein! Mit ganz viel Liebe«, sagte Sonja, setzte sich auf den Bettrand und hob das Tablett auf die Bettdecke vor Johannes.

Auf einem kleinen Kuchen mit Schokoladenguss, den sie eigentlich selber für Johannes backen wollte, dann aber doch beim Bäcker gekauft hatte, brannte ein gelbes Kerzchen. In einer Tasse dampfte der frisch aufgebrühte Kaffee neben einem Glas Hand gepressten Orangensaft.

Ein Schüsselchen Obstsalat, mit Liebe geschnitten, stand neben den Cornflakes in einer Schale und einem Glas Milch. Das Ganze wurde von einer kleinen Vase mit einer roten Rose abgerundet. Und natürlich war da noch das Geschenk, das akkurat in gelbes Einwickelpapier verpackt, mit roter Schleife, vor der Blumenvase lag.

»Ich habe ein ganz tolles Geschenk für dich gekauft, das errätst du nie!«, sagte Sonja stolz.

»Wenn du da bist, ist das das schönste Geschenk«, sagte Johannes, »ihr da seid!« Verbesserte er sich und streichelte zärtlich über die kleine Rundung ihres Bauches, die sich bei Sonja abzeichnete.

Er rutschte nach hinten, lehnte sich gegen das Kopfteil des Bettes und gönnte sich einen Schluck des heißen Kaffees.

»Ahhhh, Klasse!«, sagte er.

»So, genug genossen, jetzt wieder zur harten Geburtstagsarbeit! Kerze ausblasen, etwas wünschen und dann Geschenk auspacken!«, kommandierte Sonja.

Johannes tat, wie ihm befohlen worden war und löschte zuerst die Kerze, öffnete dann die Schleife um das Geschenkpaket und entfernte das Einwickelpapier. Es tauchte eine Schachtel mit dem Bild eines offenbar glücklichen Babys auf, das in einen Holzring biss. ›Beißring‹ stand auf der Schachtel. Johannes sah Sonja fragend an.

»Das ist für dich und das Baby! Wenn wir dir mal zu viel werden, kannst du ins Holz beißen und wenn das Baby zahnt ist das genau das Richtige für das Kleine«, erklärte Sonja.

»Sehr witzig! Aber jetzt beiße ich erst mal in dich!«, sagte Johannes und tat so, als ob er nach Sonja schnappen würde.

Die wehrte sich gar nicht, stellte das Tablett wieder auf das Nachtkästchen, zog Johannes an sich und küsste ihn innig.

In diesem Augenblick klingelte das Handy von Sonja.

12. Februar 2023

Etwa drei Monate vorher saß Renate in ihrem grünen Ford Fiesta auf der anderen Straßenseite vor dem Haus in der Rübenstraße 2, wo Johannes, das Schwein, 0-Ton Renate, wohnte. Er war ein Lügner, ein Frauenheld, ein Bigamist und eben ein Schwein, ein Männerschwein der allerschlimmsten Sorte. Das hatte sie immer wieder gegenüber ihren Freundinnen betont und danach wüste Drohungen ausgestoßen.

Da drüben im 1. Stock brannte Licht in der Küche. Er war also da. Wie oft hatte sie für ihn dort gekocht. Hähnchen in allen Ausprägungen war sein Lieblingsessen. Sie stellte sich vor, wie sie ausstieg, hinüberging, klingelte und dann, wenn er die Wohnungstür aufmachte, würde sie ihn erstechen, erschießen, vergiften oder alles zusammen.

Wieso hatte es so lange gedauert, bis sie sein wahres Ich erkannt hatte? Er war immer zuvorkommend und liebenswert gewesen. Zumindest glaubte sie das bis zu dem Tag, als sie ihn in der Stadt mit der anderen Schlampe sah. Sie saßen turtelnd und poussierend in einem Straßencafé.

Es war eindeutig gewesen. Er betrog sie. Sie verstand nicht, was er an dieser doofen Blondine mit ihren lackierten Nägeln und den gestylten Klamotten fand. Sie selbst war mehr der kumpelhafte Typ. Aber das mochte er so an ihr, hatte er immer wieder betont. Von wegen! Vielleicht sollte sie ihre Kurven auch so betonen wie die Bitch da drüben, aber das war nicht sie.

Beim nächsten Treffen kotzte sie ihm ihr neues Wissen ins Gesicht und rundete ihre Anklage mit dem Inhalt eines Glas Weins ab, der auch in seiner doofen Fresse landete.

»Schatz, ich...!«, war alles was sie noch hörte, als sie die Haustür zuschlug.

Wie sehr bereute sie das inzwischen! Obwohl er ein Schwein war, konnte sie ihn nicht vergessen. Immer öfter stand sie vor seinem Haus und beobachtete die Leute, die ein und aus gingen. Darunter war auch diese Bitch, mit der er fremdgegangen war. Immer wieder überlegte sie, hinüberzugehen und sie anzusprechen. Sie hätte ihr so viel zu sagen gehabt. Aber das traute sie sich nicht.

Plötzlich öffnete sich die Beifahrertür. Sollte er es sein, durchfuhr es sie. Aber ein ihr unbekannter Mann setzte sich auf Sitz neben sie.

»Was wollen Sie? Verschwinden Sie! Verlassen Sie sofort mein Auto!«, Renate war aufgewühlt und verunsichert. Der Mann sah gut aus. Die kurzen, gegeelten Haare über dem ebenmäßigen Gesicht mit der markanten Nase und den strahlend blauen Augen verwirrten sie. Wäre er nicht so plötzlich und ungebeten in ihre Privatsphäre eingedrungen, hätte sie mit ihm durchaus flirten wollen.

»Beruhigen Sie sich! Ich will Ihnen nichts tun! Wir verfolgen das selbe Ziel«, versuchte der Mann sie zu beruhigen, »Ich bin übrigens Robert!«

»Wie, selbes Ziel?«, fragte Renate vorsichtig und verwirrt.

»Das werden Sie gleich verstehen! Ich bin nicht das erste Mal hier vor der Rübenstraße 2 und ich kenne Sie. Hier wohnt ein gemeinsamer, speziellen Freund von uns namens Johannes.« Er sah Renate durchdringend an. Die fühlte wie sich ein komisches Gefühl von ihrem Magen her ausbreitete. Dann schwieg Robert erst einmal. Er schien sich zu sammeln.

»Reden Sie weiter! Ich heiße übrigens Renate«, ermunterte sie ihn.

»Seit dem Auftauchen dieser Bitch sind Sie öfter hier vor dem Haus von Johannes. Deshalb habe ich schon darauf getippt, dass sie Renate sind. Mich hat Johannes auch mit dieser Nutte Sonja betrogen und das zur selben Zeit, als er noch mit Ihnen zusammen war.« Robert sah in das verständnislose Gesicht von Renate.

»Ja, Johannes ist zweispurig gefahren und nicht nur zwei Beziehungen, sondern auch Männer und Frauen, und wir waren nicht die einzigen. Er ist einfach ein Schwein!« Robert grinste schief. Renate hatte es die Sprache verschlagen. Sie schüttelte den Kopf und schlug mit der flachen Hand aufs Lenkrad.

»Ich könnte ihn umbringen! Wie oft habe ich mir das schon vorgestellt!«, sagte sie wütend und sah Robert an.

»Wir sollten uns unterhalten«, meinte der daraufhin, »Vorstellungen können wahr werden, glaub mit das!« Robert hatte zum Du gewechselt. Renate registrierte das wohl.

»Ja, das sollten wir! Fahren wir zu mir!« Renate ließ den Motor an.

25. April 2023

Renate rollte in ihrem Bett herum zu Robert, der schon wach neben ihr lag: »Wir müssen aufstehen und los, Liebster!« Sie hauchte ihm ein Küsschen auf die Stirn.

»Heute ist der Tag der Abrechnung! Was kann es Schöneres geben!«, sagte der leise und grinste dabei. Dann warf er seine Zudecke beiseite und setzt sich auf die Bettkante.

Er sah auf sein Smartphone: »Kurz nach sieben. Sonja hat sicher bei Johannes geschlafen und sie feiern jetzt den Geburtstag dieses Schweins. Wir können ungefährdet in Sonjas Wohnung.«

Kurz darauf saßen die beiden im Auto von Renate und fuhren zu Sonja. Sie parkten eine Querstraße weiter und gingen zu Fuß zu dem mehrstöckigen Haus, in dem Sonja wohnte. Ihr Auto, das normalerweise vor dem fünfstöckigen Komplex parkte, war nirgends zu sehen.

Sie hatten schon ausgekundschaftet, dass die Haustür meist offen war und kamen so schnell ins Haus.

Sonja wohnte im dritten Stock. Sie fuhren mit dem Aufzug nach oben und zogen Handschuhe an. Vorsichtshalber klingelten sie Sturm, aber niemand machte auf. In der Wohnung herrschte absolute Stille.

Die Wohnungstür war dann auch kein großes Problem mehr. Renate hatte sich ein Picking Tool besorgt und schon seit langem an verschiedenen Türen geübt, sie zu öffnen. Robert stellte sich schützend vor sie, um sie gegen eventuell auftauchende Nachbarn abzuschirmen und Renate hatte ruck zuck die Tür offen. Mit einem letzten sichernden Rundumblick verschwanden sie in der Wohnung.

Robert suchte und fand das Bad und stellte das Fläschchen mit der Eisenhut Essenz in das Schränkchen über dem Waschbecken neben andere Medikamente. Zuerst hatten sie angedacht im Darknet Gift zu bestellen, aber Robert, der Chemie studiert hatte, kam auf die Idee mit dem Eisenhut. In einer nächtlichen Aktion hatten sie zwei Pflanzen aus dem botanischen Garten gestohlen und er hatte die Essenz hergestellt. Auch da war das Einbrechertalent von Renate von Nutzen.

»Jetzt bist du an der Reihe, Schwester Renate, äh, Schwester Constanze!«, sagte Robert und hielt Renate ein Wegwerf Smartphone hin. Renate wählte Sonjas Nummer. Nach dem vierten Klingeln hob die ab.

»Klingenthal!«, meldete sie sich.

»Schwester Constanze von der Inneren des Sankt Veit Krankenhauses. Ich muss Ihnen leider mitteilen, dass ihr Bruder einen Unfall hatte. Er verlangt nach Ihnen. Aber kommen sie allein, es kann nur eine Person zu ihm!«, sagte Renate.

»Um Gottes willen! Ich komme sofort! Sankt Veit sagten sie?«, Sonja war hörbar aufgeregt.

»Sankt Veit, richtig! Kommen Sie schnell!« Renate machte Dampf und legte dann auf, »Die wären wir erst mal los!« Zufrieden sah sie Robert an.

»Na dann, auf, auf! Der Tod wartet nicht!«, meinte Robert mit undurchdringlichem Gesichtsausdruck.

Gleich darauf saßen sie in Renates Auto und fuhren zur Rübenstraße 2. Sie parkte wieder eine Parallelstraße entfernt und stiegen aus.

»Vergiss den Kuchen nicht!«, erinnerte Robert Renate. Die schnappte sich den Tortenkarton vom Rücksitz und das Tütchen mit den Kerzen. Dann schlenderten sie zum Haus von Johannes.

»Offenbar ist Sonja wirklich alleine ins Krankenhaus gefahren. Johannes würde sich nie neben eine Frau ins Auto setzen ohne das Lenkrad selber in der Hand zu haben«, stellte Robert fest, nachdem das Auto von Sonja nicht vor dem Haus stand.

Sie gingen zur Haustür und klingelten bei allen Mietern, außer bei Johannes. Irgendwer drückte auf den Öffner.

Dann standen sie vor der Wohnungstür von dem Schwein Johannes und Renate drückte auf den Klingelknopf. Ein sichtbar abgehetzter Johannes öffnete kurz darauf die Tür.

Sein Haar stand strubbelig nass von seinem Kopf ab. Offenbar hatten sie ihn in der Dusche überrascht.

»Wer...«, setzte Johannes an, dann erkannte er, wem er gegenüber stand.

»Robert, Renate, was macht ihr denn hier?« Johannes war schon immer ein Schnellmerker gewesen.

»Alles Gute zum Geburtstag!«, sagte Renate und hielt ihm den Kuchenkarton hin, »Wir sind hier, um mit dir zu feiern. Selber gebacken! Ich mache Kaffee!« Sie drängte an ihm vorbei.

Johannes hatte keine Möglichkeit sie zu bremsen, wirkte überrumpelt und überhaupt nicht glücklich. Den Kuchen registrierte er gar nicht.

»Mensch freu` dich doch, dass wir mit dir feiern! Sonja ist wohl nicht da?«, Robert grinste schief und folgte Renate.

»Wieso kennt ihr euch und woher wisst ihr von Sonja?«, stammelte Johannes total überrascht und folgte den beiden in die Wohnung.

Robert hatte inzwischen den kleinen Kuchen mit Schokoguss und farbigen Streuseln aus dem Karton genommen und auf den Küchentisch gestellt. Akribisch steckte er vier Kerzen in die Schokolade.

»Du wirst doch Vierzig, oder?«, stellte Renate fest, während sie zwei Teller aus dem Hängeregal über der Arbeitsplatte holte und dem Kaffee beim Durchlaufen zusah. Robert zündet die Kerzen an und blies sie dann gleich wieder aus. Renate schnitt zwei Stücke aus dem Kuchen heraus und legte sie auf die Teller.

Dann war der Kaffee so weit.

»Etwas Milch und zwei Stück Zucker, oder?«, fragte Renate zuckersüß.

»Ja, wie immer!«, Johannes fühlte sich zusehends unwohl.

»Und wie trinkt deine Freundin ihren Kaffee?«, wollte Robert wissen.

»Die ist schwanger, die trinkt keinen Kaffee«, stellte Johannes fest.

»So, so, schwanger, das ist ja noch besser!« Robert schien positiv überrascht.

»Aber das ist doch schrecklich. Er hat sie geschwängert. Mit mir wollte er nie Kinder, die Sau«, flüsterte Renate zu Robert. Der grinste nur und rieb sich die Hände.

»Gut!«, stellte Renate dann fest und goss Milch in den zweiten Becher, der offenbar für Sonja gedacht war.

»Geh ins Schlafzimmer, da steht bestimmt noch ein Kuchen! Die haben sicher schon gefeiert!«, spottete Robert und dann in Befehlston zu Johannes, »Jetzt iss deinen Kuchen!« Er schob den Teller mit dem Kuchenstück zu ihm.

Sichtlich eingeschüchtert und trotzdem arglos brach Johannes ein Stück Kuchen ab und steckte es in den Mund.

»Weiter!« setzte Robert gleich nach. Renate kam mit einem Tablett in die Küche. »Du hattest Recht!«, sagte sie und stellte die Vase mit der Rose auf den Küchentisch. Dann verstaute sie Sonjas Kuchen in der Kuchenbox und wusch den Teller und die Tasse, die auch auf dem Tablett standen, ab.

Johannes hatte inzwischen fast das ganz Kuchenstück verdrückt, als die Wirkung des eingebackenen Eisenhutgiftes einsetzte. Er begann nach Luft zu schnappen und hielt sich die Brust.

»Das ist dafür, was du uns und anderen angetan hast! So geht man mit Menschen nicht um!«, sagte Robert völlig ruhig und beobachtete Johannes im Todeskampf.

Johannes versuchte etwas zu sagen, dann wurde er blass und kippte vom Stuhl.

»Das war doch mal eine gelungene Aktion! Als nächstes ist der Bastard und die Nutte dran, aber erst, wenn sie aus dem Knast wieder raus ist!«, Renate lachte.

»Bis dahin kann das auch unser Sohn übernehmen!«, Robert strich zärtlich über den Bauch von Renate und küsste sie.[ii]

›Der Mann, der die Sülze erfand‹

Oma Philomena werkelte in ihrer Küche, als ihre Enkel Bernhard und Katharina herein kamen. Bernhard war fünf und Katharina schon ganz groß und acht. Natürlich hatte Bernhard seinen abgenutzten Bären, Bärli, dabei. Katharina war schon ohne Kuscheltier unterwegs. Beide hatten bereits ihre Schlafanzüge an und waren fast bereit ins Bett zu gehen.

»Hier riecht's aber gut!«, krähte Bernhard und versuchte den Deckel des roten Emailletopfes zu heben, der auf dem Herd stand. Katharina war bei solchen Aktionen immer sofort dabei und hatte Bernhard hoch gehoben.

»Geht weg da, das ist gefährlich!«, rief Philomena und zog Bernhard und Katharina weg vom Herd, »Das ist siedend heiß! Ihr verbrennt euch!«

»Ich will aber wissen, was da köchelt«, nervte Katharina. Bernhard nickte heftig.

»Gut ich zeig's euch!«, meinte Philomena und holte mit zwei Topflappen den Topf von der Kochplatte und stellte ihn auf einen Untersetzter auf dem Küchentisch. Sie hob Bernhard auf einen Küchenstuhl.

Vorsichtig hob sie den Deckel. Bernhard und Katharina spähten hinein. Beide Enkel starrten sprachlos in den Topf.

»Iiii, da sind ja Füße und Ohren von Schweinen drin!«, quietschte Katharina und schüttelte sich angeekelt.

»Igitt, und Schwänze, Kringelschwänze! Die armen kleinen Schweinis! Was für ein gemeiner Mensch war das?«, ergänzte Bernhard, »Du brutale Oma, ich hab dich nicht mehr lieb!«

»Aber ihr esst doch auch gerne die Sülze von der Oma mit dem zarten Fleisch und den kleinen Gewürzgurkenschnipseln. Was meint ihr, wie die gemacht wird? Man muss erst mal Teile vom Schwein kochen, das Fleisch ablösen und außerdem entsteht daraus die schöne glibberige Soße, wie Wackelpudding«, verteidigte sich Philomena.

»Wer kommt denn auf so was Grässliches?«, fragte Katharina.

Philomena musste lachen: »Ich weiß wer da drauf gekommen ist. Das hat mir ein uralter Bauer erzählt. Und das Beste ist, die Erfindung wurde in der Nähe des Heimatorts eurer Oma gemacht, bei Neumarkt in der Oberpfalz!«

»Erzählen, erzählen!«, postulierten sofort Bernhard und Katharina.

»Gut, aber erst stelle ich den Topf wieder auf die Platte und dann gibt's Kekse und eine Geschichte.« Philomena werkelte am Herd. Dann saßen alle um den Küchentisch. Ein Teller mit selber gebackenen Schokokeksen stand vor den Kindern und jeweils ein Glas Milch. Bernhard war schon am Kauen.

»Jetzt erzähl doch endlich!«, forderte Katharina und Bernhard nickte unterstützend.

»Also das war so. Ich war in der Nähe von Neumarkt wandern. Das habe ich oft gemacht, als ich da noch gewohnt habe«, begann Philomena, »Auf gewundenen Wegen überschritt ich die Hohe Ahnt, das ist ein Bergrücken da in der Gegend. Bald erreichte ich das schmucke, am Südhang des gleichnamigen Bergs gelegene Örtchen Tyrolsberg, das zur Gemeinde Berngau gehört. Aber das sagt euch ja alles nichts. Das zeige ich euch, wenn ihr größer seid. Dann geht ihr mit Oma wandern.«

»Wandern ist langweilig!«, legte Katharina fest.

»Was ist Wandern?«, fragte Bernhard, doch keiner beantwortete die Frage. Aber das störte ihn nicht, da er sich mit einem weiteren Keks tröstete. Als er dann einen Schluck Milch trinken wollte, endete das in einem Desaster. Das Glas kippte um und Milch ergoss sich auf den Tisch.

Philomena holte einen Lappen und wischte das Malheur auf.

»Also zurück zur Geschichte. Wandern ist schön und entspannend«, bügelte Philomena die Frage nieder, »Also, ich lief durch Tyrolsberg und erreichte eine Gaststätte, die ›Blomeier‹ hieß. Sie lag neben einer kleinen Kapelle mit einem gepflasterten Platz davor. In dessen Ecke plätscherte ein Springbrunnen, mit einer Heiligenfigur darauf.

Ich beschloss Pause zu machen und setzte mich an einen der Tische, die vor dem Haus standen. Bald kam ein junger Mann und ich bestellte erst mal etwas zu trinken und orientierte mich dann bei der Essensbestellung an einer Tafel, die neben der Eingangstür zur Gaststätte hing. Aus acht verschiedenen Speisen wählte ich eine selbstgemachte Schweinssülze mit Bratkartoffeln, kurz hatte ich zu einem Krautwickel tendiert, mich dann aber umentschieden.

Ein älterer Mann kam gleich darauf mit zwei Tellern aus der Gaststätte. Der Alte stellte sie vor mich auf den Tisch. Der Suppenteller war randvoll mit Sülze, auf einem Dessertteller war ein Berg Bratkartoffeln aufgehäuft.

»Guten Appetit!«, sagte der Mann und wollte schon wieder gehen.

»Das sieht aber gut aus! Ich freu mich schon. Aber setzen Sie sich doch und leisten mir etwas Gesellschaft!«, bat ich, wusste ich doch, dass solche Leute ein steter Quell an interessanten Geschichten waren.

Der Alte nahm mir gegenüber Platz und stellte sich als Alois Blomeier, der Altbauer, vor.

»Das schmeckt wirklich Klasse! So eine Sülze mit ausgeprägtem Eigengeschmack habe ich noch nie gegessen!«, stellte ich kurz darauf begeistert fest.

»Das ist auch kein Wunder, denn unser Uropa hat die Sülze erfunden, hier auf unserem Bauernhof! Sie essen praktisch das Original!« Alois war sichtlich stolz.

»Erzählen Sie doch! Ich wusste gar nicht, dass die Sülze hier erfunden wurde«, spornte ich ihn an und lud mir einen Berg Kartoffeln auf die Gabel. So ganz konnte ich die Geschichte schon jetzt nicht glauben.

»Dazu sollten wir aber zur Lieblingsbank unseres Uropas laufen. Ist nicht weit! Aber essen sie erst mal fertig«, sagte

Alois.

»Bin schon fast fertig!«, meinte ich, schaufelte noch den Rest Sülze in mich hinein und trank mein Glas aus.

Dann folgte ich Alois, der schon aufgestanden und unterwegs war, und trotz seines fortgeschrittenen Alters ein erstaunliches Tempo vorlegte.

Wir verließen das Dorf und tauchten in den Wald ein. Nach der schwülen Hitze im offenen Gelände wurde es schlagartig kühler und angenehmer. Es ging leicht bergauf. Nach fünf Minuten traten wir auf eine kleine Lichtung, an deren linken Rand Steine in den Boden eingelassen waren. Daneben stand eine hölzerne Bank, die schon von Weitem nicht sonderlich vertrauenerweckend aussah. Wir gingen auf sie zu.

»Das ist die Bank, der Lieblingsort meines Uropas. Und das daneben in der Steinfassung ist die Quelle der Sulz!«, erzählte Alois. Man sah ein kleines Rinnsal zwischen den Steinen fließen.

Er setzt sich und ich neben ihn und dann begann er übergangslos zu erzählen: »Die Geschichte handelt von meinem Uropa Hannes. Der war ein kleiner Bauer hier am Ort, mit einem Schwein, ein paar Hühnern und einem Stück Land. Und er betrieb schon damals eine Gaststätte. Eigentlich war es so, dass er in seinem Wohnraum, der auch Küche war, selbst gebrautes Bier ausschenkte und gegen kleines Geld, oder im Tausch gegen Sachen, die die anderen Bauern anbauten, auch etwas zu Essen anbot.« Alois blickte in die Ferne. »Das Bier machte sein Bruder in seiner Küche und so war der Vorrat meist begrenzt und sie lagerten es in den Felshöhlen, die es hier im Wald gibt, oder im Keller unter der Scheune meines Uropas, weil es da so schön kühl war.

Geschlachtet wurde ein Mal im Jahr und das meist im Winter, weil man sonst das Fleisch nicht lagern hätte können. Es musste eine Nacht aushängen, bevor es weiter verwurstet wurde.

Eines Freitags war es wieder so weit. Der Metzger aus dem Nachbarort war Frühmorgens angekommen, die Sau aus ihrem Verschlag geholt und abgestochen worden. Man fing das Blut auf, um daraus Würste zu machen, spülte die Därme aus und verarbeitete zuerst die Innereien. Die Schweinehälften lagerte man im Keller.

Am nächsten Tag kam der Metzger wieder und begann das Schwein zu zerlegen. Alle halfen beim Würste machen und bereiteten Stücke zum Räuchern und Pökeln vor. Am Abend gab es dann für alle Helfer Schlachtschüssel, mit den frischen Würsten und geselchtem Fleisch. Auch das selbstgemachte Sauerkraut von meiner Uroma Käthe wurde das erste Mal aufgewärmt.

In dem ganzen Schlachttrubel kochte mein Uropa aus Versehen ein Stück Schwarte und Schweineohren zusammen und stellte dann, als er seinen Irrtum bemerkte, den Topf zum Abkühlen in den Keller. Er wollte am nächsten Tag entscheiden, ob er es an das neue Schwein verfütterte oder doch noch das Fleisch weiterverwendeten konnte. Dann feierte er mit den anderen die erfolgreiche Schlachtung.

Am nächsten Tag holte er den Topf mit der versehentlich

mitgekochten Schwarte aus dem Keller. Mit Erstaunen stellte er fest, dass das Kochwasser wie Gelee aussah. Er stürzte es aus dem Topf. Es blieb fest. Erst glaubte er an Zauber oder einen Fluch. Bis er dann aber vorsichtig mit einem Löffel ein Stück aus dem glibbrigen Block mit der Schwarte in der Mitte stach und probierte. Das schmeckte hervorragend. Er schnitt ein Stück mit Schwarte ab und legte es auf eine Scheibe Bauernbrot.

Es war delikat!

Anschließend verteile er Probestücke an die Familienmitglieder. Alle waren begeistert. Zu seinem Erstaunen stellte er fest, dass in der sehr warmen Küche das erstarrte Kochwasser wieder schmolz. Schnell brachte er es in den kühlen Keller. Dort erstarrte es wieder. Er konnte es gar nicht glauben.«

Alois atmete erregt durch, als ob er einen Kriminalroman erzählen würde.

»Gut, so hat er die Sülze entdeckt, aber wieso sind wir dazu zu dieser Bank gewandert?«, fragte Philomena und sah Alois fragend an.

»Kommt gleich!«, meinte Alois und erzählte weiter, »Wie so oft saß mein Uropa nach erbrachtem Tagwerk hier bei der Quelle der Sulz und rauchte ein Pfeifchen. Praktisch ein frühes Chillen! Aber logischerweise natürlich nicht auf dieser Bank, sondern auf seinem Vorgängermodell.« Alois machte kurz Pause und lachte.

»Das machte er auch in der kalten Jahreszeit, in der sie geschlachtet hatten, und beobachtete dabei das Wild, das auf die Wiesen vor dem Wald kam. Da kam ihm die gelierte Speise wieder in den Sinn. Wie sollte er diese Entdeckung nennen? Erstarrter Schweinesud? Wackelblock? Teufelseis? Teufelseis gefiel ihm anfangs gut. Sein Blick schweifte über die Gegend und fiel auf die Quelle der Sulz neben ihm. Sulz! Das war doch ein guter Name! Aber so hieß schon der Bach. Er dachte weiter nach. Sülze, kam ihn in den Sinn. Ja, das war es! Er würde seine Entdeckung Sülze nennen! Vielleicht konnte man auch noch andere Dinge darin einschließen, wie eingemachtes Gemüse oder Scheiben von Schweinebraten. Er bekam Hunger und kehrte nach Hause zurück.

Und das war sie die Geschichte meines Uropas und der Erfindung der Sülze. So wird sie schon seit Generationen bei uns erzählt!« Alois sah mich an und in ein ungläubiges Gesicht. Glaubte er das Geschichtchen wirklich? War das sein Ernst? Philomena sah Alois an, aber es war nicht zu erkennen, wie er es meinte. Jetzt war Diplomatie angesagt.

»Klasse Geschichte und wahrscheinlich auch mehr eine Sage, wie ich meine«, sagte ich vorsichtig.

»Nix Sage, genauso war es, ich schwöre!«, protestierte Alois fast etwas beleidigt.

»Ich verabschiedete mich überschwänglich und wanderte weiter«, beendete Oma Philomena ihre Geschichte. Bernhard und Katharina sahen sie mit großen Augen an. Philomena holte den Topf von der Herdplatte und stellte ihn wieder auf den Untersetzter.

Katharina sah sinnend vor sich hin: »Wie war es nun wirklich? Wer hat die Sülze erfunden? Oma, schau doch mal in dein Smartphone, das weiß doch immer alles.«

Philomena holte ihr Smartphone heraus und wische darauf herum: »Da steht´s: Schweinssülze, erfunden von einem Bauern in der Nähe von Neumarkt in der Oberpfalz. Der Name ist nicht überliefert. Namensgeber ist der Bach, der dort entspringt, die Sulz. Siehst du, der Alois hatte doch recht!« Philomena konnte ein Lachen gerade noch unterdrücken.

»Ich weiß nicht, ob ich das glauben kann!«, meinte Katharina altklug.

»Aber eins ist sicher, jetzt lassen wird das Fleisch etwas auskühlen und dann schneiden wir es, geben es in einen Suppenteller und kippen etwas von der Kochflüssigkeit drauf, so wie es der Uropa Hannes gemacht hat«, schlug die Oma vor.

»Aber die ist ja ganz flüssig, überhaupt nicht, nicht...«, Bernhard suchte das entsprechende Wort, und fand es schließlich, »sülzig!«

»Wenn ihr schon nicht die Geschichte von Alois glaubt, dann glaubt ihr auch nicht, dass dafür die Sülzhexe und die Sülzgeister zuständig sind. Und die wohnen im Kühlschrank!«, erklärte Oma Philomena, »Und wenn ihr schön brav schlaft, dann arbeiten die über Nacht und morgen Früh ist die Sülze sülzig!«

»Das glaube ich erst, wenn ich es sehe!«, Katharina war immer noch misstrauisch.

»Mehr Kekse!«, forderte Bernhard, der das Interesse an Sülze schon längst verloren hatte.[iii]

Elli Mattar

Ich schreibe seit mehr als zehn Jahren Kurzgeschichten, Geschichten über Männer und Frauen, in deren Lebenswegen sich häufig Risse zeigen und die dennoch um Würde ringen.

Bisher mehrere Veröffentlichungen in Anthologien und Literaturzeitschriften und mehrfach Preise beim Schreibwettbewerb der Isnyer Literaturtage.

Ich habe als Ärztin gearbeitet und lebe mit meiner Großfamilie in Meersburg am Bodensee, wenn ich nicht gerade eine kreative Auszeit nehme und in Etappen zu Fuß von Nord nach Süd durch Deutschland unterwegs bin.

›Rotschöpfchen und der Wolf‹

Es war einmal ein kleines Mädchen, das mit sich und seiner Umwelt nicht immer im Reinen war. In der Schule wurde es seines feuerroten Haarschopfes wegen gehänselt, und mit der Rechtschaffenheit von Vater und Mutter war es auch nicht immer handelseinig.

Mit seinen zwölf Jahren stand es am Beginn seiner Jugendjahre und hatte sich in der letzten Zeit zu einer widerspenstigen, im Innersten aber tieftraurigen kleinen Kratzbürste entwickelt. Von den Eltern und von seiner Großmutter wurde es innig geliebt, aber das half ihm oft auch nicht.

Nun sollte das Rotschöpfchen eines Tages die Großmutter besuchen, die draußen im Wald ein kleines Häuschen bewohnte und die gerade krank und schwach darniederlag.

Nach anfangs heftigen Widerworten, die die gute Mutter mit Nachsicht ertrug, machte sich das Rotschöpfchen also missgelaunt auf den Weg; im Arm schlenkerte es achtlos einen Korb mit einer Flasche Wein und einem köstlichen Kuchen, beides sollte der Großmutter wieder zu Kräften verhelfen.

Es war bitter kalt, der Schnee lag hoch, und das Rotschöpfchen fror erbärmlich, hatte es sich doch aus Trotz geweigert, ein warmes Wintergewand anzulegen, was es aber schon bitter bereute. So nahm es unterwegs, um sich aufzuwärmen, einen ordentlichen Schluck aus der Flasche, und von dem Kuchen brach es ein schönes Stück heraus und verschlang es gierig.

Nun war es nicht mehr weit bis zu Großmutters Häuschen.

Als das Rotschöpfchen um die letzte Wegbiegung eilte, trat plötzlich ein alter eisgrauer Wolf hinter einem Busch hervor.

»Schönen guten Tag auch, Rotschöpfchen«, sagte er freundlich, denn er kannte das Mädchen wohl.

»Verpiss' dich, Pinscher!«, fuhr ihn Rotschöpfchen an und lief weiter.

Der Wolf schaute erschrocken und sah lange hinter dem Mädchen her.

Rotschöpfchen trat ins Haus; die Tür war nicht verschlossen, weil die Großmutter das Bett nicht verlassen konnte. Polternd trat es in die Wohnstube, entbot der Großmutter nur einen knappen Gruß und stellte den Korb neben sich auf die Erde.

»Ich muss gleich wieder los, Großmama, hier das ist von Deiner Tochter. Soll Dir Grüße bringen!«, und gleich darauf war es wieder verschwunden.

Die Enttäuschung der Großmutter könnt ihr Euch vorstellen: Ihr geliebtes Rotschöpfchen hatte sich nicht einmal nach ihrem Wohlergehen erkundigt, und ein gemütliches Plauderstündchen mit dem Kind sollte es auch nicht geben. Den Korb an der Zimmertür konnte sie nicht erreichen, so schwach war sie.

Da klopfte es leise an der Tür.

»Herein, die Tür ist offen«, hauchte die Großmutter, und gleich darauf bekam sie vor Entsetzen große Augen, als sie sah, dass in der Tür ein Wolf stand, schüchtern, in der Pfote den Korb, den das Rotschöpfchen auf den Boden gestellt hatte.

»Guten Abend, Frau Großmutter«, sagte der Graue höflich.

»Nein, bitte! Fürchtet Euch nicht vor mir!« Erschrocken hob der Wolf die andere Pfote, als er sah, dass die Großmutter vor Schreck fast aus dem Bett gefallen wäre.

»Ihr erlaubt, dass ich näher trete? Ihr erweckt mir den Anschein, als könntet Ihr etwas Stärkendes gebrauchen. Lasst mich Euch den Inhalt des Korbes kredenzen!«

Damit schenkte er einen kräftigen Schluck Wein ein und achtete darauf, dass sich die Großmutter beim Trinken nicht verschluckte. Einmal musste er ihr sachte auf den Rücken klopfen, dabei wurden Großmutters Augen immer größer. Den zerbrochenen Kuchen schnitt er in so kleine mundgerechte Stücke, dass die Großmutter der Verwüstung des Backwerks nicht mehr gewahr werden konnte.

Sogar eine Schale mit dampfender Hühnerbrühe trug der Wolf aus der Küche herein und stellte sie, nebst Löffel und einer Serviette, auf einem Tablett bei der Großmutter ab.

»Esst tüchtig, damit Ihr wieder auf die Beine kommt! Um den Abwasch werde ich mich schon kümmern!«

Nach der Hühnerbrühe ging es der Großmutter tatsächlich schon etwas besser, und sie wurde plötzlich lebhaft.

»Bemüht Euch nicht länger um mich, Herr Wolf, schaut lieber nach dem Mädchen! Es ist in letzter Zeit so sonderbar, so verschlossen. Vielleicht könnt Ihr herausfinden, was mit dem Kind los ist! Geht nur, geht! Ich komme schon zurecht. Die Hühnerbrühe hat mich gekräftigt, tausend Dank auch für Eure Fürsorge!«

»Gerne, Frau Großmutter, lasst mich nur noch rasch eine stärkende Nachspeise für Euch bereiten!« Der Wolf schüttelte der Großmutter abermals die Kissen auf, legte ihre Augengläser zurecht und verschwand in der Küche, wo bald lautes Geklapper zu hören war. Kurz darauf erschien er wieder in der Tür.

»Die Nachspeise sollte noch etwas vor sich hin köcheln. Indessen könnte ich Euch die Zeit vertreiben und Euch etwas vorlesen, wenn es Euch beliebt.«

Er hatte den Bücherschrank inspiziert und kehrte mit drei dicken Bänden und leuchtenden Augen zum Bett der Großmutter zurück.

»Ihr habt einen exzellenten Geschmack, Frau Großmutter! Da entdecke ich doch drei Werke, die ich zu meiner Zeit als Student lesen musste - was heißt musste - verschlungen habe ich sie! Ihr müsst wissen, ich habe in meinen Jugendjahren Germanistik in Wolfenbüttel studiert, meine Domäne war mittelhochdeutsche Literatur, mein Prüfungsthema Walther von der Vogelweide. Und hier entdecke ich ihn nun! Welch eine Freude!«

Der Wolf zupfte nochmals Großmutters Kopfkissen zurecht, setzte sich schüchtern auf die Bettkante und schlug eifrig den ersten Band auf.

Indessen näherte sich von draußen der Jäger durch den verschneiten Wald. Er war missgestimmt, weil er heute kein Tier vor die Flinte bekommen hatte. Obendrein war der Jäger kein guter Mensch und nahm es mit der Ehrlichkeit auch nicht so genau. Seine Jagderlaubnis hatte er nicht durch eigenen Verdienst erworben, sondern nur dadurch, dass sein Oheim bei der Kommunalverwaltung angestellt war.

Im Dorf hatte er belauscht, dass die Großmutter krank zu Bette lag und sich vor Schwäche nicht erheben konnte, sodass in ihm rasch der Plan reifte, die Wehrlose zu bestehlen. Er wusste schließlich, wo die alten Mütterchen ihre Spargroschen versteckten, es war doch immer das gleiche - die Malzkaffeedose im Küchenbord.

Gedacht, getan! Die Haustür war nur angelehnt, der Jäger schlich leise in den Hausflur. Aus der Wohnstube hörte er leises Gemurmel, ab und an unterbrochen von einem beglückten Seufzer. Durch den Türspalt sah er den Wolf am Bettrand der Großmutter sitzen und mit verklärten Augen seltsame Gedichte in einer noch seltsameren Sprache rezitieren; die Großmutter lag mit gefalteten Händen da und schaute selig lächelnd an die Decke.

Der Jäger grinste hämisch, stellte sein Gewehr in den Hausflur und schlich in die Küche. Auf dem Herd stand ein Topf, aus dem ein Brei überkochte, es roch verbrannt und ein hölzerner Rührlöffel, der neben der Gasflamme lag, hatte Feuer gefangen. Das kümmerte den Jäger jedoch nicht. Er ging schnurstracks zum Küchenbord und nahm fieberhaft eine Vorratsdose nach der anderen in die Hand.

Da näherte sich eine weitere Gestalt dem Häuschen. Rotschöpfchen war's, das auf dem Heimweg, als es so nachdenklich dahinging, in seiner Tasche den kleinen Glasstein fühlte, den ihm die Großmutter vor langer Zeit einmal geschenkt hatte.

Da wurde es plötzlich von Reumut ergriffen, weil es zur Großmutter so garstig gewesen war. Es drehte sich um und rannte den Weg zurück. Stürmisch stieß es die Haustür auf. Dabei fiel das Gewehr zu Boden, das an der Wand gelehnt stand, ein Schuss löste sich und die Schrotladung landete genau in des Jägers Hinterteil.

Als das Rotschöpfchen in die Küche eilte, stand da der Jäger und schrie vor Schreck und Schmerz, eine Hand auf den Hosenboden gepresst, in der anderen Hand Großmutters Malzkaffeedose. Rotschöpfchen sah den Jäger zornig an, nahm ihm die Dose aus der Hand und stellte sie zurück auf das Bord. Dann füllte es einen Topf mit Wasser und löschte das Feuer.

Durch den Schuss aufgeschreckt, eilte die Großmutter in die Küche. Das köstliche Lesestündchen mit dem Wolf hatte ihr neue Kräfte verschafft. Der verletzte Waidmann wurde in die Wohnstube geführt und musste sich auf Großmutters Kanapee legen. Der Wolf hatte ein sauberes Messer geholt und klaubte dem jammernden Grünrock die Schrotkugeln aus dem Hinterteil. Die Großmutter hatte einen Kamillensud zubereitet und verband damit die Wunden. Rotschöpfchen ging auf die Großmutter zu und ergriff vorsichtig ihre Hand. Ach, wie glücklich war die Großmutter, dass das Kind zurückgekommen war!

Die beiden bereiteten in der Küche einen Topf mit heißem Punsch und trugen ihn in die Wohnstube, wo der Wolf und der Jäger, weit voneinander entfernt, sich misstrauisch beäugten. Der Jäger hätte am liebsten die Flucht ergriffen, er musste sich jedoch umsorgen lassen und gute Miene dazu machen. Rotschöpfchen reichte ihm einen Becher mit dem heißen Gebräu und verschüttete dabei, gewiss versehentlich, etwas davon über seine Hand.

Was wurde das noch für ein gemütlicher Abend in der guten Stube! Die Großmutter legte sich wieder zu Bett, Rotschöpfchen saß auf der Bettkante und der Wolf hatte sich in den großen Ohrensessel gesetzt und den dicken Band wieder zur Hand genommen, glücklich, die kleine Gesellschaft mit kostbaren Gedichten erfreuen zu können. Die Großmutter schaute wieder glückselig zur Decke, und das Rotschöpfchen kicherte, wenn von Minne die Rede war.

Nur der Jäger wusste nicht so recht, ob er wachte oder träumte. Er nahm sich fest zum Vorsatz, in Zukunft einen großen Bogen um kleine Mädchen, um den Wolf und um Großmutters Häuschen zu machen.

Ihr meint, liebe Leser, dass sich das Märchen nicht so, sondern ganz anders ereignet habe? Ihr müsst wissen, dass die beiden Brüder, die die Märchen gesammelt oder aufgeschrieben haben, nicht immer einer Meinung waren. Wenn beide unterschiedlicher Ansicht waren, wie ein Märchen auszugehen habe, hat sich meistens Jakob durchgesetzt, der Ältere. Wilhelm, der Bruder, hat sich dann stets schmollend in seine Schreibstube zurückgezogen und dort seine eigene Version verfasst, die er dann in seiner geheimen Lade verbarg.

Welch ein Glück, dass dieser Schatz mehr als hundert Jahre später entdeckt wurde! Heute erkennen wir, dass Wilhelm unerwartet hellsichtig war für seine Zeit.

Und aus dieser verborgenen Lade habt Ihr heute ein Märchen gekostet, liebe Leser!

›Verwundungen‹

Dass du dich hier sehen lässt...., ich hätte es ahnen müssen, schon bevor ich vor seiner Tür stand. Nicht der Hauch einer Wiedersehensfreude in seinem schmalen, faltigen Gesicht, das leise Zucken seiner Mundwinkel so schnell verschwunden, wie es gekommen war.

Warum ich hierher gefahren war, nach so vielen Jahren des Schweigens, ich konnte es nicht sagen. Aber ich hatte in den letzten Jahren immer häufiger an ihn gedacht...

Du hättest nicht zu kommen brauchen, sagt er, als ich verlegen den Mantel ausziehe und ihn aufhängen will. Nein, nicht hier! Das ist Mutters Platz! Mutter ist seit zehn Jahren nicht mehr da, so lange habe auch ich das Haus nicht mehr betreten. Er nimmt meinen Mantel und hängt ihn ganz nach rechts, noch immer dasselbe alte Hakenbrett im düsteren Flur. Auch meine Schuhe müssen ganz rechts abgestellt werden, genau unter dem Mantel. Mein flüchtiger Blick auf die alte Holztruhe, der dunkle Fleck an der rechten Kante ist immer noch da.

Ich komme zurecht. Brauche niemanden. Er steht aufrecht da, die Stimme fast feindselig, mustert mich kurz. Dann plötzlich einlenkend, hattest ja eine lange Reise, Kaffee gibt es um halb vier, komm, sieh dich um, kennst es ja wohl noch...

Hinter ihm gehe ich langsam durch das Haus, nichts hat sich verändert. In der abgestandenen Luft hängt der Geruch von Putzmitteln, alles ist blitzsauber. Mache ich alles selbst, habe ja viel Zeit. Die halb heruntergelassenen Läden im Wohnzimmer, der verschlissene Schonbezug auf dem Sofa.

Im Schlafzimmer ist Mutters Bett immer noch gemacht, auf dem Stuhl am Fenster liegt, sorgsam zusammengelegt, die Bluse mit dem Rosenmuster. Ich bin erleichtert, dass wir durch das Haus gehen, Ziele haben, nicht wissend, was wir miteinander reden sollen, einen Anfang suchen. Ich finde ein paar pflichtschuldige Worte, schön hier alles, und picobello, du kommst wohl tatsächlich gut zurecht, er strafft die Schultern.

In meinem Zimmer ist alles noch wie früher, die alten Bücher, das Bett sieht frisch bezogen aus. Ein flüchtiger Blick in die Ecke, da lehnt sie noch, meine erste Gitarre, mit gebrochenem Hals, er hat ihn anscheinend geleimt, ich wage es nicht, nachzusehen, während er in der offenen Tür wartet, bis ich mich umgesehen habe.

Wir setzen uns in der Küche an den Tisch, blau kariertes Wachstuch, es ist Zeit für den Kaffee. Im Schrank zwei Tassen, zwei Gläser, von jeder Sorte Teller und Besteck genau zwei Stück.

Wenn Besuch kommt, frage ich. Es kommt kein Besuch. Die Nachbarin, ja, etwas aufdringliche Person, kauft für mich ein einmal in der Woche, bleibt anschließend immer auf eine Tasse Kaffee, worüber redet ihr, Schulterzucken, die Preise, der Regen, immer Erleichterung, wenn sie wieder geht.

Wir trinken Kaffee, wieder Schweigen. Auf dem Tisch liegen ein paar Zeitungen, ordentlich gestapelt, eine davon aufgeschlagen, an einigen Stellen sorgfältig unterstrichen. Er faltet die Zeitung vorsichtig zusammen und legt sie auf den Stapel. Er rührt in seiner Tasse, draußen fährt ein Auto vorbei, dann ist es wieder still.

Wie sieht dein Tag aus, frage ich, bemüht, die Worte nicht ausgehen zu lassen. Er schaut mich kurz an, prüfend, steht langsam auf, winkt mir mitzukommen, wir sitzen im dämmrigen Wohnzimmer, der kleine Lichtkreis der Lampe über dem Tisch, sitzen über eine Schachtel mit alten Fotos gebeugt, die meisten von Mutter und mir, andächtig jedes einzelne hervorgeholt, mir hin geschoben, weißt du noch, sagt er, ein Lächeln in seinem Gesicht. Fast jeden Abend, ja.

Lange sitzen wir so. Von ihm keine Frage nach meinem Leben, er weiß nicht, dass es mir gut geht, dass ich nicht unter den Brücken schlafe, wie er es mir prophezeit hat, er will es wohl nicht wissen. Und ich finde keinen richtigen Moment, es ihm zu sagen. Dass ich meine Entscheidung für die Musik niemals bereuen musste.

Versager und Verräter waren die unbarmherzigsten Worte, die er mir damals ins Gesicht schleuderte. Die Wut und die Verzweiflung in seinem Blick, als er erkennen musste, dass sein Lebenswerk, für mich aufgebaut, aus dem Nichts, nicht meines war. Ständige Streitereien, und dann dieses eine Mal, das letzte Mal, als wir uns hasserfüllt im Flur gegenüberstanden. Meine brennende Wange, sein verächtlicher Blick, meine zum Schlag erhobene Hand und mein Entsetzen, die Schreie, das Blut auf seiner Stirn, als er auf die Kante der alten Truhe stürzte. Ich war nicht mehr sein Sohn, seit damals, wieso hatte ich nur etwas anderes von meinem Besuch erwarten, erhoffen können?

Er sieht plötzlich müde aus, als er die Bilder aus der Vergangenheit wieder behutsam in die Schachtel gelegt hat. Ich mache dir etwas zu essen, du bleibst doch noch so lange?

Er schlurft in die Küche, ich stehe auf, gehe in dem stillen, düsteren Zimmer hin und her, bleibe an dem alten dunkelbraunen Büffet mit den Messingbeschlägen stehen, in dem früher meine alten Schulzeugnisse aufbewahrt wurden. Ich ziehe leise die Schublade auf, tatsächlich, mit einer Kordel sorgfältig zusammengebunden.

Daneben ein in Leinen gebundenes Buch, ich nehme es heraus, auf jeder Seite sorgsam ausgeschnittene und eingeklebte Zeitungsartikel, Fotos von mir auf der Bühne, meine Hände zittern, Interviews, manche Sätze unterstrichen. Ich lasse das Buch wieder in der Schublade verschwinden, will nicht, dass er mich dabei überrascht, über all die Jahre, mein Gott, hat er das zusammengetragen ...

Ich habe dir ein paar Brote gemacht, er steht plötzlich in der Tür, du willst sicher bald wieder gehen. Ich nicke, bringe es nicht fertig, etwas zu sagen. Am Küchentisch schiebt er mir den Teller hin, beobachtet mich verstohlen beim Essen.

Dass du hierher gefunden hast, murmelt er hinter meinem Rücken, als er mir in den Mantel hilft. Ich stehe in der Tür, möchte ganz plötzlich sein mageres, verschlossenes Gesicht streicheln, die Hand schon erhoben, ich lasse sie wieder sinken.

Auf dem Weg zur Straße spüre ich seinen Blick in meinem Rücken. Vor dem Gartentor drehe ich mich um, die Haustür ist geschlossen, er steht am Küchenfenster, aufrecht, als sich unsere Blicke begegnen, hebt er flüchtig den Arm.

Ich winke zurück, nicke, vielleicht hat er das nicht gesehen, vielleicht ist das Fenster zu weit weg, ich winke ihm nochmals zu und trete hinaus auf die Straße.

›Gefallen‹

Sie mochte seine Geste nicht, diese Selbstverständlichkeit, mit der seine Hand auffordernd auf den Sitz neben sich klopfte. Aber sie lächelte und schob sich auf den Platz neben ihm. Ob er auch an gestern dachte? Aber er wirkte unbefangen, vielleicht eine Spur zurückhaltender als sonst.

Beide sahen angestrengt aus dem Busfenster. Ja, doch, wunderbares Wetter habe er für die Heimreise! Wann er ankommen werde? Das sei noch eine akzeptable Zeit. Ob er die Brote eingepackt habe, die sie ihm gerichtet hatte? Wo denke sie denn hin, wie er denn das vergessen könne? Den Zug würden sie doch hoffentlich pünktlich erreichen? Sicher, der Bus sei doch pünktlich gekommen! Schau mal, dort drüben, ist das die Mainau? Aber das müsse er doch wissen, sie seien doch schon einmal dort gewesen, bei seinem vorletzten Besuch! Ah, ja, jetzt erinnere er sich. Was für ein wunderbares Wetter für die Heimreise, sagte er und lachte, eine Spur zu laut.

Sie versuchte, ihre Gedanken zu ordnen, sich ihre Verwirrung nicht anmerken zu lassen. Diesmal war es nicht wie sonst gewesen, wenn er zu ihr kam.

Sie waren sich vor zwei Monaten begegnet. An einem Sonntag war er ihr aufgefallen, eine fremde Gestalt, die an einer Säule im Seitengang lehnte und sie aufmerksam beobachtete. Es war ihr nicht leicht gefallen, sich auf ihre Predigt zu konzentrieren. Vor dem Kirchenportal hatte er auf sie gewartet. Ob sie denn auch für gestrauchelte Seelen ein gutes Wort übrig habe? Sie war verwirrt, aufgewühlt, fasziniert gewesen von seiner Selbstsicherheit. Das war keine verirrte Seele, die vor ihr stand, im Gegenteil.

Sie hatten sich lange vor der Kirche unterhalten, einander fremd und sich im Gespräch erstaunlich schnell vertraulich werdend. Er war Musiker, kam aus Stuttgart, hatte eine plötzliche Auszeit gebraucht und war für ein paar Tage an den Bodensee gekommen. Als es anfing zu regnen, hatten es beide zuerst kaum wahrgenommen, gingen dann etwas überstürzt auseinander.

Am nächsten Sonntag war er wieder da.

Von da an kam er jeden Mittwoch und blieb ein oder zwei Tage. Wie sie diese Tage herbeisehnte! Nie hätte sie gedacht, dass sie zu solch einer Verliebtheit fähig wäre, mit ihren fünfundvierzig Jahren. Der Alltag war plötzlich nicht mehr nur Alltag.

Sie wollte ihn nicht wieder verlieren. Sie musste sich nicht bemühen, ihm alles recht zu machen, es fiel ihr so leicht. Inzwischen wohnte er nicht mehr im Gasthof, wenn er kam, sondern bei ihr. Er kam immer mit dem Zug, sie fuhr mit dem Bus zum Bahnhof in die Stadt und holte ihn dort ab.

Er hatte keinen Führerschein mehr, kleines Alkoholproblem, damals, wie er mit schiefem Lächeln sagte. Sie bemitleidete ihn nicht, er war niemand, den man bemitleiden musste.

Anfangs hatte ihn ihre Ordnungsliebe irritiert. Als sie das spürte, fing sie an, wie unbeabsichtigt Zeitschriften herumliegen zu lassen, schmutziges Geschirr nicht mehr abzuspülen. Auch die Zubereitung des abendlichen Steaks, das sie für ihn besorgt hatte und das sie selbst niemals essen würde, fiel ihr leicht. Während des Essens vermied sie, auf seinen Teller zu schauen, den blassblutigen Saft nicht anzustarren, der dort schwamm.

Seinetwegen hatte sie sich ein paar mädchenhafte Kleider gekauft, ihre langweiligen dunklen Hosen in die hintere Schrankecke verbannt. Er liebte es, wenn sie sich hübsch machte. Sie dachte auch fast immer daran, ihre Stimme zu dämpfen, wenn sie lachte; er mochte es nicht, wenn sie laut wurde.

Sie dachte an den Abend zurück, vor zwei Wochen, an dem sie ihre Freunde und Nachbarn eingeladen hatte und mit dem sie ihn überraschen wollte. Wie nervös sie vorher gewesen war! An diesem Abend war er sehr still gewesen, hatte sich kaum an den Gesprächen und an dem Gelächter beteiligt.

Aber dafür hatte sie ihm dieses Mal Abbitte leisten wollen. Sie hatte Theaterkarten für gestern besorgt, ein Taxi für die Fahrt in die Stadt bestellt. Ein Abend nur für sie beide sollte es werden, und er sollte nicht den geringsten Grund haben, etwas an ihr zu missbilligen. Sprachlos sollte er sein, wenn er sie in dem unwiderstehlichen himbeerroten Kleid sehen würde, das sie für diesen Abend gekauft hatte. Der Ausschnitt war eigentlich zu tief und der Stoff zu dünn und zu seidig, und sie würde es nach diesem Abend bestimmt nie wieder tragen. Aber sie hatte schließlich etwas gutzumachen.

Als sie mit dem sündhaft teuren Stück die Treppe herunterkam und ihn erwartungsvoll ansah, war ihr Hochgefühl plötzlich wie weggeblasen. Sein Blick war erstaunt, eine Spur Amüsiertheit lag darin, als er sie musterte.

Sie fühlte die Röte wie eine Flamme in sich hochsteigen. Aber schlimmer noch war die Scham, die sie plötzlich überwältigte. Sie fühlte sich nackt und durchschaut, als hätte er in diesem Moment einen verbotenen Raum betreten. Am liebsten hätte sie mit den Händen ihre Brüste schützend bedeckt, aber sie stand nur stumm da und rührte sich nicht.

Den Abend im Theater hatte er genossen. Sie hatte nur gewünscht, dass er bald zu Ende ginge.

Der Bus stoppte vor dem Bahnhof. Sie spürte, wie erlösend der Lärm der Stadt und die Geschäftigkeit der Menschen für sie war: endlich musste sie nicht mehr die Verlegenheit zwischen ihnen ertragen.

Sie sagten kein Wort, während sie mit seinem Koffer zum Bahnsteig gingen.

Als der Zug einfuhr, fühlte sie sich unendlich erleichtert.

Er umarmte sie heftig, lachend, bevor er in den Zug stieg. Umarmte sie, als wäre vorher nicht diese Stille zwischen ihnen gewesen. Als hätte er sich entschieden.

Bis nächste Woche, seine Lippen formten die Worte, als er am Zugfenster stand und zu ihr auf den Bahnsteig hinuntersah.

Sie schüttelte den Kopf. Sein entgeistertes Gesicht hatte sie noch vor Augen, als der Zug den Bahnhof längst verlassen hatte.

›Eingeschlossen‹

Samstag, 28. Oktober

Liebes Tagebuch,

Diese Woche ist mir etwas passiert, das ich nie für möglich gehalten hätte.

Es fing am Montag damit an, dass dem Gumprecht, meinem Deutschlehrer, die Geduld mit mir so langsam zu Ende ging.

Wir lasen seit zwei Wochen ›Die Räuber‹, und ich war der Einzige, der bei seinem Nachbarn ins Buch schauen musste, weil ich den Kauf des Reclamheftchens für einen klaren Fall von Geldverschwendung hielt.

Außerdem bin ich kein Freund des gedruckten Wortes zwischen zwei Buchdeckeln, und mit Goethe kann ich sowieso nichts anfangen. Ich bin ja eher der Computer-Freak, der ultimative Problemlöser für alle diesbezüglichen Schwierigkeiten bei meinen Kumpels.

Der Gumprecht wollte also meinem gefährdeten Schülerdasein einen Schub nach vorne verpassen.

»Benni,« sagte er und schaute mich sorgenvoll an, »für mich wäre es eine gewaltige Freude, wenn du deiner Versetzung einen Schritt näher kämst! Und das schaffst du, wenn du nächste Woche bei mir mindestens eine Vier schreibst. Also besorg dir endlich die Lektüre und setz dich auf den Hintern!«

Ich hab' ein bisschen gemault, denn das bin ich schließlich meinem Image schuldig. Aber ich wusste schon jetzt, dass ich ihm den Gefallen tun würde, denn wir alle mochten ihn, weil er uns mochte.

Am Nachmittag meldete ich mich zu Hause ab, sagte, ich würde zur Buchhandlung Kremser gehen und anschließend bei Carsten übernachten, und machte mich auf den Weg.

Es war zehn vor sechs, draußen ziemlich dunkel, regnerisch und windig, kein Mensch auf der Straße.

Missmutig betrat ich den Laden. Ein vorsintflutliches Glöckchen bimmelte zweimal über der Tür. Drinnen war es warm, es roch nach Staub und Kaffee. Der alte Kremser hatte gerade Kundschaft. Mich sah er überhaupt nicht. Ab und zu huschte er wieselflink, wie man es seiner Leibesfülle gar nicht zutrauen würde, vor dem großen vollgestopften Regal links im Laden hin und her und zog gezielt, an verschiedenen Stellen, Bücher heraus.

Ich verzog mich zum Warten in die andere Ecke des Ladens, wo ich einen Ständer mit Comics entdeckt hatte.

Bei ›Tim und Struppi‹ musste ich irgendwie hängengeblieben sein, jedenfalls schreckte ich erst hoch, als es plötzlich still wurde.

Das Licht ging aus, und ich hörte, wie ein Schlüssel im Schloss umgedreht wurde. Ich rannte sofort zur Tür. Zu spät! Da lief er schon die Straße hinauf, Kremser, mit schnellen Schritten, vornübergebeugt, den Hut mit der Hand auf dem Kopf festhaltend.

Der hatte mich echt vergessen, der Alte!

Wütend hämmerte ich mit beiden Fäusten gegen die dicke Glastür. Aber Kremser war schon um die Ecke verschwunden.

Ich starrte hinaus. Kein Mensch war unterwegs. Es regnete jetzt in Strömen, die Straßenlaterne gegenüber ließ das nasse Pflaster glitzern. Zum Glück konnte ich dadurch im Laden wenigstens Umrisse erkennen, wenn ich schon den Lichtschalter nicht finden konnte.

Ich hatte jedenfalls nicht die Absicht, die Nacht in diesem muffigen Papierbunker zu verbringen. Auf der Ladentheke fand ich nach längerem Suchen ein abgegriffenes Telefonbuch. Im Schein der Straßenlaterne suchte ich Kremsers Nummer heraus (den Namen Kremser gab es zweimal, aber der Alte hieß todsicher Gottfried mit Vornamen!). Dann zückte ich mein Handy.

Nichts. Richtig, der Akku war ja schon in der Physikstunde leer! Aber im Laden musste es schließlich auch ein Telefon geben. Das abgelebte Schnur-Modell fand ich dann auch, unter ein paar Papieren vergraben. Ich schaute auf meine Uhr. Fünf Minuten würde ich ihm noch geben, dann müsste er zu Hause angekommen sein.

Ich stellte mich an die Ladentür und spähte die Straße auf und ab. Immer noch kein Mensch zu sehen, kein Wunder bei dem Wetter. Plötzlich spürte ich die Stille im Laden. Ungewohnt für mich, aber irgendwie nicht übel...

Mein Magen knurrte. In der Ecke mit den Comics führte eine angelehnte Tür in Kremsers Büro. Ich tastete nach dem

Lichtschalter. Es roch nach Kaffee und Käse. In dem winzigen Raum standen nur ein kleiner Schreibtisch mit einem Armlehnstuhl davor, daneben ein schmales Regal, vollgestopft mit Aktenordnern, losen Papierstapeln und Büchern, und einer Kaffeemaschine mit noch halb voller Kanne. An der gegenüberliegenden Wand stand ein abgewetztes Sofa. Daneben führte eine weitere Tür zur Toilette mit Waschbecken. Auf dem Tisch stand eine Schreibtischlampe, von deren verbeultem Metallschirm die rote Farbe schon ziemlich abgeblättert war. Daneben lag auf einer sorgfältig glattgestrichenen Papiertüte ein angebissenes Käsebrot, ein aufgeschlagenes Buch und ein weiteres Telefon.

Ich setzte mich in den Lehnstuhl, bat Kremser innerlich um Verzeihung und biss kräftig in das Brot. Während ich mir die ganze Stulle einverleibte, schaute ich mich um. Irgendwie gemütlich, dieses Kämmerchen!

Mit dem Anruf bei Kremser konnte ich noch warten.

Eigentlich hatte ich sowieso mehr Lust, Nicki anzurufen, ihr zu erzählen, in was für einem Gefängnis ich gerade saß. Vielleicht würde sie das cool finden, vielleicht würde sie mich aber auch für blöd halten dafür, dass ich mich hab' einschließen lassen. Mädchen sind schon undurchschaubar. Wie sie mich heute in der Deutschstunde angeguckt hat, das hat mir fast den Hals zugeschnürt.

Als würde sie sich überhaupt nicht mehr daran erinnern, dass wir vorgestern zusammen im Kino waren. Wieder mal so ein Moment, in dem man merkt, wie beschissen das Leben manchmal ist.

Ich schob das Telefon ein wenig zur Seite, knüllte die Papiertüte zusammen und warf einen Blick in das Buch. Ziemlich dicker Wälzer.... Kremser konnte einem echt leid tun. Was der so alles lesen musste in seinem Leben! Aber schließlich hat er es ja nicht anders gewollt.

Ich blätterte ein bisschen herum und überlegte gleichzeitig, ob ich mich auf das Sofa hauen sollte. Aber dann blieb ich an der Stelle mit den teuflisch geschminkten Augen hängen, die zu einem schwarzhaarigen Mädchen gehörten. Das interessierte mich plötzlich. Dabei ging es eigentlich gar nicht um sie, sondern um den Jungen, den sie bedrängt, um das erste Mal, auf der Bank in einer stickigen Umkleidekabine der Dorf-Turnhalle, während nebenan beim Hausfrauenturnen der Hallenboden wackelt. Die Situation war so irre, dass ich trotz aller Anspannung manchmal laut lachen musste.

Dann fing ich von vorne an zu lesen. Es ging um einen Jungen, so alt wie ich, der mit seinen Kumpels in irgendeinem Kaff im Norden aufwächst, wo sie in dieser gottverlassenen Gegend eine Rockband gründen. Um seine Träume und Enttäuschungen ging es. Und natürlich um Mädchen. An manchen Stellen dachte ich, der redet von mir, der hat die gleichen Gedanken wie ich. Irgendwie war ich auch mit drin in der Geschichte.

Ich las die ganze Nacht durch. Gegen Morgen muss ich mal kurz eingepennt sein, aber als ich wach wurde, hab' ich weitergelesen. Im Regal fand ich zum Glück eine angebrochene Packung Kekse, Wasser gab es nebenan, und der kalte Kaffeerest in der Maschine hielt mich wach.

Irgendwann vertrat ich mir die Beine und lief durch den Laden. Es war schon kurz vor acht, draußen immer noch dunkel. Ich würde es nicht mehr schaffen, das Buch fertig zu lesen, Kremser würde bestimmt bald auftauchen. Aber ich musste wissen, wie es weiterging! Und ich hatte verdammtes Glück. In einem großen offenen Pappkarton, der neben der Ladentheke stand, lag das Buch oben drauf, und das gleich fünf Mal. Da würde der Alte vielleicht gar nicht merken, dass eins fehlt. Ich könnte es ihm ja später wieder in den Briefkasten werfen oder so was.

Ich erinnere mich noch an das glatte Zellophan in meinen Händen, bevor ich das Buch in meinem Rucksack verschwinden ließ und mich wieder in Kremsers Kabuff setzte. Zum Weiterlesen kam ich allerdings nicht mehr. Vorne im Laden wurde ein Schlüssel umgedreht, leise Schritte kamen rasch näher und es wurde plötzlich hell.

Nie im Leben werde ich Kremsers Gesicht vergessen, seine Verwirrung und dann sein Entsetzen, als er mich aus seinem Kämmerchen herauskommen sah. Da stand er mit offenem Mantel, gleiches gestreiftes Jackett und gleiche ausgebeulte Cordhose wie gestern, an den Füßen graue Filzhausschuhe. In seinen Augen hinter den dicken Brillengläsern lag eine solche Hilflosigkeit, dass ich ihm am liebsten tröstend auf die Schulter geklopft hätte.

Kremser trat einen Schritt auf mich zu. »Junge...,« stammelte er. »Mein Gott..., hab' ich dich... warst du die ganze Nacht ....? Deine Eltern...«

Ich zuckte mit den Schultern. »Ist nicht tragisch«, sagte ich großmütig, »hier kann mir ja nichts passieren«.

Kremser trat noch einen Schritt auf mich zu. Da stand er vor mir, mindestens einen Kopf kleiner als ich, und fasste mich unbeholfen an den Armen.

»Junge… Wie konnte mir das …, du musst doch Hunger gehabt haben, die ganze lange Nacht...«

»Keine Panik, Herr Kremser«, beruhigte ich ihn, »ich hab' halt Ihr Pausenbrot gegessen, und Kaffee war auch noch da… und in Ihrem Buch ein bisschen gelesen. War überhaupt nicht langweilig!«

Seine Augen strahlten plötzlich. Er drehte sich um, lief zu dem Pappkarton neben der Ladentheke und kam mit d e m Buch in den Händen zurück.

»Hier, junger Mann!« Er drückte es mir in die Hand und schaute mich bittend an. »Nimm es als kleine Wiedergutmachung! Mein Gott… die ganze Nacht...«

Ich hoffe, er hat durch seine dicken Brillengläser nicht gesehen, dass ich knallrot wurde.

Ich verabschiedete mich hastig, Kremser wollte mich gar nicht so schnell gehen lassen. Zum Glück fiel mir noch rechtzeitig das Reclamheftchen ein. Keinen Cent wollte Kremser dafür nehmen!

Dann machte ich mich auf den Weg zur Schule. Es wurde langsam hell, und ich fühlte mich irgendwie leicht. Die Sache mit dem Buch musste ich noch regeln, schließlich konnte ich es ihm jetzt nicht mehr zurückbringen. Einen Typen wie Kremser zu beklauen, das geht echt nicht!

Ich hätte da auch schon eine Idee... Ich könnte ihm zum Beispiel anonym ein Paket schicken, mit einer neuen Schreibtischlampe drin, von meinem Taschengeld. Oder vielleicht bringe ich sie ihm selbst vorbei, als Dank für die Gastfreundschaft. Mal sehen...

Und noch etwas Gutes hat die ganze Sache gehabt: Der gute Gumprecht wird sich tierisch freuen, wenn ich ihm sage, dass ich mir endlich ›Die Räuber‹ besorgt habe![iv]

Maria Stich

Was macht man als Lehrerin im Ruhestand am liebsten? Natürlich vorlesen und eigene Geschichten schreiben.

So bin ich also als ehrenamtliche Vorleserin beim Vorlesenetzwerk der Kinderstiftung Bodensee tätig. Ich habe die tierische ›Super Gang‹ spannende Abenteuer erleben lassen und schreibe im Autoren Duo mit meinem Bruder Wolfgang skurrile Regiokrimis.

Zusammen mit Elli und Martin verbrachte ich unzählige lustige Stunden beim Kreativen Schreiben. Kurz entschlossen haben wir vier uns zum ›literarischen Quartett‹ zusammengetan und diese Anthologie veröffentlicht. Liebe Leserinnen und Leser, taucht ein in den bunten Mix unserer Welt der Fantasie und habt Spaß dabei!

Wer mehr von mir wissen will, kann hier nachsehen www.stich-maria.de.

›Pfefferminzbruch‹

Ihre Finger zitterten, als sie eine Tablette aus der Blisterpackung drückte. Sie schluckte das Medikament, kippte den letzten Rest Kaffee in einem Schluck hinterher. Der Cappuccino schmeckte bitter und abgestanden. Beim Anblick der angebissenen Butterbrezel auf dem Teller krampfte sich ihr Magen erneut zusammen.

Unruhig rutschte sie auf dem Plastikstuhl hin und her, wischte Krümel vom Bistrotisch auf den Boden.

Sie tastete nach dem Handy in ihrer Jackentasche, ließ dann aber davon ab und kaute statt dessen aus alter Gewohnheit am rechten Daumennagel.

Das letzte Mal hatten sie sich auf dem Weihnachtsmarkt in Ulm getroffen, auf neutralem Boden sozusagen. Aber es war alles schief gelaufen. Schon bei der Auswahl des ersten Getränks hagelte es Vorwürfe. Bei der zweiten Tasse eskalierte die Unterhaltung und dann gifteten sie sich nur noch an. Sie hatte noch den Geruch von Glühwein mit Schuss und Erbrochenem in der Nase, wenn sie daran dachte. Seitdem herrschte Funkstille zwischen ihnen.

Manchmal, in einsamen Stunden, hatte sie ihn dann doch angerufen, am Festnetz oder am Handy. Sie hörte ihn atmen, schnell und genervt. Mehr als ein flehentliches »Hallo!«, brachte sie nicht hervor. Er legte immer sofort auf. Ihre Mails beantwortete er nicht und ihre Briefe kamen ungeöffnet zurück.

Aber heute, an diesem 15. September würde alles gut werden. Sein Geburtstag war ein gutes Omen.

Mit dem Bürgerbus, sie hatte seit dem Unfall keinen Führerschein mehr, war sie in die Innenstadt gefahren. Sie wusste genau, dass er hier vorbeikommen würde. Vor der Spätschicht holte er sich immer sein Vesper im SB-Café. Unschlüssig hatte sie sich zuerst auf dem Ochsenplatz zwischen den Bänken und Blumenkübeln herumgedrückt. Der einsetzende Nieselregen trieb sie dann ins Café.

Seit einer Stunde harrte sie nun in höchster Anspannung auf ihrem Posten aus. Ihr Blick wurde wie magisch von der Fassade des Fachwerkhauses gegenüber angezogen. Das Gebäude, eingequetscht zwischen einem Telekom Laden und einer KiK Filiale, war in die Jahre gekommen. Aus der Traditionsgaststätte ›Wilder Mann‹ war jetzt der ›Blaue Mond‹ mit Shisha Bar geworden. Die Leuchtschrift über dem Eingang verdeckte den altmodischen Schriftzug auf der Mauer nur knapp.

Sie kniff die Augen zusammen. Es gelang ihr, den Text auf dem Aufsteller vor der verschrammten Tür zu entziffern.

›Schwäbische, italienische, indische und türkische Spezialitäten‹ wurden mit ungelenker Handschrift angepriesen. Jetzt erschien ein Koch in schmuddeliger weißer Jacke im Türrahmen, zündete sich eine Zigarette an und rückte den Aufsteller zur Seite.

Ob die Kegelbahn im Keller noch in Betrieb war? Mit dem Kegelverein KV Fichte hatten sie dort feuchtfröhliche Feste gefeiert, riesige Portionen Wurstsalat verschlungen.

Eine Welle heißer Tränen trat in ihre Augen. Sie krümmte sich zusammen, schnäuzte sich in die Serviette und tupfte dann verstohlen das Gesicht ab. Die Verkäuferin hinter dem Tresen warf dem einzigen Gast einen kurzen Blick zu. Dann putzte sie weiter die Kaffeemaschine.

Was hätte sie jetzt für eine Zigarette zur Beruhigung gegeben! Nicht jetzt, schalt sie sich. Er würde bald auftauchen. Pünktlichkeit hatte sie ihm schließlich beigebracht.

Sie hatten Höhen und Tiefen durchlebt. Ihr Alltag war über lange Jahre eine Achterbahnfahrt gewesen. Mama, wir schaffen das, hatte er sie in den dunkelsten Stunden aufgemuntert, wenn sie eine Putzstelle verloren hatte oder das Geld am Monatsende nur noch für Nudeln reichte. Das war ewig her.

Jetzt würde alles wieder gut werden. Der ›Blaue Mond‹ würde ihr Glück bringen. Sie fühlte die Energie, die von diesem Namen ausging.

Ihr spezielles Geschenk musste Felix einfach umhauen. Sie hatte es bei Netto im Regal mit den Nostalgie Süßigkeiten neben Esspapier, Schleckmuscheln und den Halsketten aus bunten Zuckerperlen entdeckt. Sogar rosa-weiß geschichteten Pfefferminzfondant in der Größe von Schokoladentafeln gab es zu kaufen. Daneben standen die Tütchen mit der, in unregelmäßige Stücke gebrochenen, Billigvariante. Diesen Pfefferminzbruch liebte Felix in seiner Kindheit heiß und innig.

Sie lehnte sich zur Seite und zog mit zitternden Händen den Reißverschluss auf. Dann kramte sie das Tütchen aus dem

Rucksack. Es knisterte verheißungsvoll, als sie es auf den Tisch stellte. Sie rutschte ganz nach vorne auf die Stuhlkante und beugte sich langsam vor. Mit fahrigen Bewegungen bog sie den Papierclip auf und zog das Cellophan auseinander. Sie schloss die Lider, vergaß alles rundum. Der Duft der Vergangenheit ließ ihr Herz rasen. Nach Pfefferminze rochen sie, die schönsten gemeinsamen Stunden.

»Mama!«

Sie riss die Augen auf und zuckte zurück. Felix stand im Laden. Die automatische Tür schloss sich surrend hinter ihm. Er blickte sie an wie eine Erscheinung.

Gut sah er aus, voller im Gesicht. Sie konnte ihr Glück kaum fassen. Alles würde gut werden! Sie packte das Tütchen mit der rechten Hand und stützte sich mit der linken auf der Tischplatte ab.

»Alles Gute zum Geburtstag!«, wollte sie rufen, auf ihn zulaufen, ihn umarmen, ihm die geliebte Süßigkeit überreichen. Ihre Stimme versagte, ihre Zunge lag wie angeklebt am Gaumen.

Schwindlig taumelte sie hoch, verfing sich mit den Schuhen in den Trageriemen ihres Rucksacks. Der kippte wie in Zeitlupe vom Stuhl. Klirrend entlud sich der Inhalt auf den Fliesenboden. Einige Schnapsfläschchen rollten unter den Tresen, einige zerbarsten im glänzenden Splitterregen.

Für einen Augenblick herrschte Stille im Raum, stand die Welt still.

Nur die Kaffeemaschine zischte leise.

»Versagerin! Hast alles verkackt!«, presste ihr Sohn mit rauer Stimme hervor. Er machte einen Schritt auf sie zu, entriss ihr mit einem Handgriff das Tütchen und schleuderte es zu Boden. Ein kräftiger Tritt mit seinem Arbeitsstiefel zerquetschte die Pfefferminzwürfel zu Matsch.

Keuchend, mit geballten Fäusten und hochrotem Kopf, stand er da.

»Halt endlich mal ne Entziehungskur durch!«, hörte sie seine Stimme wie durch dicke Watte.

Felix drehte sich um, ging durch die Automatiktür und verschwand aus ihrem Blick und ihrem Leben.

Kraftlos sackte sie in sich zusammen, bedeckte das Gesicht mit den Händen und schluchzte lautlos.[v]

›Fantasie im Quadrat‹

»Das nehmen wir heute!« Das Mädchen kniff die Augen fest zusammen. Eine kleine Hand zog ein Memorykärtchen aus dem Stapel und legte es vor sich auf den Esstisch.

»Wir haben aber nur noch zehn Minuten Zeit!«, wandte ihre Mutter ein. Sie spürte, wie die Unruhe wieder in ihr aufstieg.

»Egal, wir machen jetzt einen Abenteuerausflug!« Die helle Kinderstimme duldete keinen Widerspruch.

Die Mutter starrte auf das quadratische Kärtchen. Das Schwarzweißbild zeigte eine sanfte Hügellandschaft. Eine Straße, von einzelnen Bäume gesäumt, verlor sich in der Ferne.

»Also, ich nehme meinen grünen Rucksack mit dem Fuchskopf drauf und einen Müsliriegel mit«, beschloss das Kind.

»Dann stecke ich meine Trinkflasche bei dir rein«, spielte die Mutter mit und zog den linken Pulloverärmel bis zur Daumenwurzel. Das Kind schien diese Geste gewohnt zu sein.

»Wir müssen uns eincremen!«, mahnte es und wischte mit beiden Händen über das blasse Gesichtchen.

»Ich zieh' die Wanderschuhe an.« Die Mutter bückte sich und gab vor Schuhbänder zu binden. Dabei wischte sie unauffällig eine Träne von der Wange.

»Aber wir haben nur zehn Minuten Zeit«, wand sie nochmal mit belegter Stimme ein.

»Egal, ich bin schnell«, kam es zurück. Die Mutter fühlte einen winzigen Stich im Herzen, entgegnete aber tapfer. »Wohin geht's?«

»Überraschung, einfach der Straße nach. Achtung! Nicht auf Schnecki treten!«, kam da ein Warnruf.

Die Mutter nahm das unsichtbare Tierchen behutsam zwischen Daumen und Zeigefinger und setzte es auf ein Grasbüschel neben der Straße.

Dann wanderten sie eine Weile still nebeneinander her.

»Sollen wir etwas singen?«, fragte die Mutter.

»Nein, dann hören wir die Vögel nicht zwitschern«, antwortete das Kind. Das blonde Mädchen fuhr mit dem Finger, ganz im Spiel versunken, den Weg auf dem Kärtchen entlang.

»Sollen wir mal eine Trinkpause machen?«, kam es nach einer Weile von der Mutter. Sie rutschte unruhig auf dem Stuhl hin und her.

Es wurde Zeit, dass der Bus kam.

»Nein, wir warten, bis wir da sind! Auf die Plätze, fertig, los! Wer als erster da ist!«

Der Zeigefinger auf dem Kärtchen bewegte sich auf den oberen Bildrand zu.

Das Mädchen hatte die Mutter ganz vergessen. Die nahm einen Schluck aus dem Wasserglas auf dem Tisch. Sie hielt es nicht mehr lange aus, das Gefühl war zu übermächtig.

»Ich seh' es, da vorne ist es!« Das Mädchen formte mit den Fingern ein imaginäres Fernglas vor den Augen. Die Mutter schluckte. Das Piktogramm auf dem Kärtchen flimmerte vor ihren Augen. Der Türsummer ertönte. Die Mutter atmete erleichtert auf.

»Schade! Beim nächsten Mal gehen wir in das Schloss der Eiskönigin!«

Das Kind warf das Kärtchen in den Pappkarton.

Die Mutter erhob sich und schob den gelben Kinderrollstuhl zur Tür.

Kaum war die ins Schloss gefallen, hetzte sie in die Küche. Die Frau zog das schärfste Messer aus dem Küchenblock, wie so oft. Sie streifte den weißen Pulloverärmel bis zum Ellenbogen hoch und setzte das Messer an den vernarbten Unterarm. Sie presste die Lippen aufeinander, als sie mit der Schneide mehrmals in die Haut ritzte.

Ein unendliches Gefühl der Erleichterung überkam sie, als Blut in die Spüle rann.

Draußen hupte der Bus des Malteser Fahrdienstes kurz. [vi]

›Fröhliche Weihnachten, Tukan!‹

Mit einem sanften Plopp löste sich der Korken aus dem Flaschenhals.

Eine komplexe Aromenpalette von dunkler Kirsche bis zu würzigen Anklängen hatte ihm die füllige Sommelière im Weinhaus Beck versprochen. Wotan Wilde schnüffelte am Korken, als wenn er etwas davon verstünde. Roch halt wie der Hauswein beim Italiener.

Sei's drum, wie Goethe schon sagte, das Leben war zu kurz um schlechten Wein zu trinken. Hoffentlich lohnte sich das stattliche Sümmchen, das er dafür hingeblättert hatte.

Wotan Wilde nahm einen tiefen Schluck aus der Flasche und befahl seiner virtuellen Mitbewohnerin: »Alexa, Playlist, Weihnachtslieder!«

Sofort flutete das Popduo Wham! mit dem allgegenwärtigen Ohrwurm ›Last Christmas‹ das Esszimmer. Wotan schüttelte den Kopf. Heute wollte er es nostalgisch.

»Playlist, deutsche Weihnachtslieder!«, verbesserte er genervt. Jetzt sang ein Kinderchor vom Tannenbaum und seinen schönen Blättern. Gut so! Der Mann im dunklen Anzug nickte zufrieden. Er trat einen Schritt zurück und betrachtete den festlich gedeckten Tisch. Da hatte er wirklich eine Meisterleistung vollbracht! Die Erbstücke seiner Mutter, weiße Damasttischdecke, Goldrandgeschirr, Tafelsilber und Kristallgläser glänzten im Schein einer dicken Bienenwachskerze. Wotan rückte das Besteck neben dem goldenen Platzteller zurecht.

Dann hob er den Weindekanter. In blutroten Schlieren rann die Flüssigkeit an der Glaswand hinunter in den breiten Boden. Zufrieden platzierte Wotan das Gefäß neben der leeren Weinflasche. Sollte das edle Gesöff noch etwas atmen und nachreifen.

»An Weihnachten bin ich auf einer Insel!«, hatte er den Kollegen im Kommissariat der SOKO Gewaltverbrechen in Tübingen erzählt und geheimnisvoll gelächelt. Niemand fragte nach. Ob er auf Bali, den Malediven oder der Insel Sylt war, interessierte keinen.

Bernadette von Hohenstein war in Gedanken bei der Spendengala des Lions Clubs, Wolfgang Schickenrieder durchforstete das Internet nach den letzten Schnäppchen und Robert Altmann mobbte ihn seit Monaten wegen angeblich vertauschter Ermittlungsakten.

Heute, am Weihnachtsabend, hatte Wotan alle Rollos an seinen Fenstern heruntergelassen und die Welt ausgesperrt. Das Schmuddelwetter da draußen wollte sowieso niemand sehen. Sein Handy war abgeschaltet. Diesen friedvollen Abend hatte er sich selbst geschenkt. Mord, Totschlag und Obduktionsberichte waren ausgeblendet.

Die Mail von Siegrun, seiner nach Kapstadt ausgewanderten Exehefrau, hatte er ungelesen gelöscht. Sollte sie doch mit ihrem geliebten Gunther Sprühnagel am Straußenbraten ersticken. So rachsüchtig kannte er sich noch gar nicht. Wotan entdeckte da einen ganz neuen Charakterzug an sich. Er fühlte sich großartig! Mit Inbrunst stimmte er in das O du fröhliche des Kinderchors ein. Leider war er nicht mehr textsicher und sein Gesang erstarb in einem la, la, la.

Noch immer stand er stocksteif hinter dem Stuhl mit der weißen Husse, der letzten Errungenschaft seiner Siegrun. Seltsam, er hatte keinen Appetit, nicht das geringste Bisschen Hunger, obwohl das Mittagessen nur aus einer halben Butterbrezel bestanden hatte.

Er beugte sich über den Tisch und nahm eine Erdbeere aus dem Schälchen. Die hellrote Frucht lag eisighart auf seiner Zunge. Er schloss die Augen, kaute konzentriert und wartete auf eine fruchtige Geschmacksexplosion. Nichts, er schmeckte rein gar nichts. Angeekelt spuckte er den roten Matsch auf den Dessertteller. Jetzt sehnte er sich plötzlich nach einer knusprig gebräunten Bratwurst. Sogar das stinkende Sauerkraut, das er als Kind so gehasst hatte, das stundenlang in der Küche schmurgelte und die ganze Wohnung verpestete, schien ihm jetzt wie eine Delikatesse.

Er griff nach der Karaffe, goss sich eine Handbreit Rotwein ein und trank in gierigen Schlucken. Eigentlich war es ein Verbrechen, den Barolo so in sich rein zu schütten. Wotan wischte sich mit dem Handrücken einige Tropfen vom Kinn und rülpste laut.

Jetzt war Zeit für die Bescherung. Auf dem Couchtisch blinkte die kitschige Plastiktanne von ›KiK‹ in allen Regenbogenfarben. Daneben lag ein längliches Paket in Silberfolie eingeschlagen. Der Inhalt bot keine Überraschung. Das Katana Schwert für seine Sammlung mit der Mei-Signatur hatte er selbst ausgesucht, bestellt und verpackt. Wotan lockerte seine Krawatte. Sein Hals war trocken, die Zunge fühlte sich geschwollen an. Er goss sich ein zweites Glas voll und leerte es in einem Zug.

Gerade, als er leicht benebelt auf den Stuhl plumpste, ertönte die Türklingel. Wer konnte das sein? Die Rotznasen der McScotts aus dem Erdgeschoss, bei denen er im Flur über verdreckte Gummistiefel und Bobbycars stolperte?

Die aufdringliche Silke Klaschke aus dem ersten Stock mit dem Mittelaltertick, die ihm selbstgebrauten Met brachte?

Tarik Rosner, der Schreiberling im Stockwerk über ihm, der eine Ode an die Weihnacht zu Gehör bringen wollte?

Japanische Touristen, die den hinterlegten Schlüssel zu der Airbnb Wohnung im 1. Stock nicht fanden?

»Verpisst euch!«, murmelte er müde und wandte sich wieder der festlichen Tafel zu. Was kümmerten ihn diese Kreaturen! Er packte den Suppenlöffel, schaufelte sich eine Portion Beluga Kaviar in den Mund und würgte ihn ungekaut hinunter. Um den penetranten Fischgeschmack loszuwerden, spülte er mit einem großen Schluck Barolo nach. Auf der blütenweißen Tischdecke hatte sich schon ein dunkelroter Rand um den Fuß des Glases gebildet.

Egal, heute war ihm alles egal. Es war an der Zeit, seinem stummen Mitbewohner einen Besuch abzustatten. Wotan erhob sich schwankend, nahm den Dekanter in die eine, das Glas in die andere Hand und schlurfte in den Flur.

Dort lauschte er angestrengt. Wer auch immer an seiner Tür geklingelt hatte, war weg. Recht so! Der Mann im zerknautschten dunklen Anzug nahm Kurs auf die Tapete mit dem Dschungelmotiv. Das grellfarbige Motiv an der Wand mit den Garderobenhaken hatte noch seine Ex ausgesucht. Gute Wahl, was man von Siegrun selbst nicht sagen konnte. Wotan merkte, wie die Magensäure gallig bitter in seiner Speiseröhre hochstieg.

»Hallöchen, auch nicht in Weihnachtsstimmung, Kumpel!«, begrüßte Wotan den schwarzen Vogel mit dem leuchtend gelben Schnabel. Der sah ihm in stoischer Ruhe aus einem Gewirr von Schlingpflanzen und exotischen Blüten entgegen. Wotan torkelte Halt suchend gegen die Wand, rutschte in Zeitlupentempo nach unten und plumpste mit einem »Hoppala!« auf die Fliesen.

»Auf die Liebe!« Wotan prostete dem Exoten zu und versuchte den Rest Wein aus dem Dekanter ins Glas zu gießen. »Fröhliche Weihnachten, Tukan!«, nuschelte er dabei. Verwundert betrachtete er das leere Glas und setzte dann die Karaffe an die Lippen. Mit einem lauten Schlürfen trank Wotan den Rest. Dann stellte er Glas und Dekanter behutsam neben den Regenschirmständer. Nachdenklich wiegte er den Kopf hin und her, der sich seltsam schwerelos anfühlte. Er hob den Zeigefinger: »Merk dir eins...«, begann er. Seine Stimme wurde immer schwächer und undeutlicher. Schließlich konnte man von dem Gefasel rein gar nichts mehr verstehen. Wotan kippt zur Seite und begann friedlich zu schnarchen. Im Esszimmer sang der Kinderchor von einer stillen und heiligen Nacht.

Tarik Rosner fixierte den Text auf seinem Bildschirm wie die Schlange das Kaninchen. »Das ist doch alles gequirlte Scheiße!«, murmelte er. Er wischte sich den Schweiß von der Stirn und lehnte sich erschöpft im Schreibtischstuhl zurück. »Wo bleibt die Action, der Nervenkitzel? Spannungsbogen, mein Lieber! Dem Leser schlafen die Füße ein!«, hörte er noch das gnadenlose Urteil seiner Verlegerin Gebrielle Pflümli.

Sie hatte ja so recht, die Sklaventreiberin. Sein strahlender Held, Hauptkommissar Wotan Wilde, der knallharte Ermittler mit den eisernen Nerven und dem analytischen Verstand, wurde an Weihnachten gefühlsduselig. Er soff und unterhielt sich mit einem Tukan auf einer Fototapete. Bullshit! Das kam davon, wenn man in der brütenden Augusthitze einen Weihnachtskrimi verfassen musste.

Tarik drehte den Ventilator auf die höchste Stufe und zerrte sich sein verschwitztes T-Shirt vom knochigen Oberkörper. Der Autor nahm den letzten Zimtstern aus der Packung mit dem Verfallsdatum Januar und kaute lustlos auf dem steinharten Gebäck herum. Es gab drei Optionen für den Fortgang der Story:

1. Wotan stolpert, knallt mit dem Kopf gegen den Tisch, Blut überall. Wird er überleben?

2. Wotan erträgt die Einsamkeit an diesem Abend nicht mehr, wird depressiv, schluckt Tabletten und wird von Silke Klaschke gerettet.

3. Die Cosa Nostra schickt einen Auftragskiller, der ihn durch die geschlossene Tür mit einer Kalaschnikow nieder-

mäht. Tukan ist der einzige, aber stumme Zeuge. So würde Bernadette von Hohenstein auch die Chance auf den Posten der Hauptkommissarin erhalten.

Das gefiel ihm! Tarik Rosner schenkte sich das bauchige Senfglas randvoll mit alkoholfreiem Sangria und leerte es auf ex. [vii]

›Vier Todesfälle‹

»Gratulation, Herr Hauptkommissar Wilde an Sie und Ihr tolles Team! Vier Cold Cases auf einen Schlag gelöst!«

Polizeirätin Christine Gurkenbichler beugte sich ganz nah an den Venezianischen Spiegel zum Verhörzimmer und schüttelte den Kopf. »Kaum zu glauben, dass dieser unauffällige Typ zu vier heimtückischen Morden fähig war.«

»Stimmt, er wirkt wie ein harmloser Rentner«, meinte Hauptkommissarin Bernadette von Hohenstein. Sie blickte in den, mit fahlem Neonlicht beleuchteten, Verhörraum. Der Verdächtige saß, offenbar erschöpft vom Dauerverhör, am Tisch, hatte seinen Kopf in die Hände gelegt und schien wie erstarrt.

Hauptkommissar Wotan Wilde verzog seinen Mund zu einer schmerzhaften Grimasse. Wenn die Gurkenbichler mit ihrem Pferdearsch auftauchte, schlug ihm das immer auf den Magen. Obwohl sie diesmal weder etwas von ihm wollte, noch lästige Überstunden anordnete.

Die Vorgesetzte von Wilde nickte zum Abschied, drehte sich um und rauschte aus dem Beobachtungsraum.

»Da ist uns der gefährliche Serienkiller doch noch ins Netz gegangen. Der soll noch etwas im eigenen Saft schmoren, damit er endlich ein umfassendes Geständnis ablegt«, meinte Bernadette.

»Nein, der ist schon reif!«, entgegnete Wotan Wilde. Er drückte zwei Magentabletten aus der Blisterpackung. Dass er etwas langsamer treten sollte, das war ihm bewusst.

»Du solltest weniger Kaffee trinken!«, mahnte seine Kollegin. Wilde zuckte mit den Schultern. Er würde es nicht schaffen, seinen übermäßigen Kaffeekonsum einzuschränken. Statt einer Antwort kaute er verbissen auf den Tabletten herum. Sodbrennen gab seinen Verhören immer erst die richtige Schärfe. Das war seine Überzeugung.

Der Alte hob hoffnungsvoll den Kopf, als der Hauptkommissar mit seiner Assistentin in den stickigen Raum trat. Der Deckenventilator war außer Betrieb. Das graue T-Shirt klebte schweißnass am Rücken des Delinquenten.

»Was wollen Sie eigentlich von mir!?«, schleuderte ihnen der Mann mit fester Stimme entgegen. Er schien von seiner Unschuld überzeugt.

Schwungvoll zog Wotan einen Stuhl zu sich, drehte ihn um und setzte sich rittlings darauf.

Der Kommissar klatschte vier Schnellhefter auf den Tisch. Dieser Auftritt erschien ihm martialischer, obwohl die ausführlichen Akten in seinem Computer waren. Dass die Hefter nur die Überstundenlisten enthielten, musste ja niemand wissen.

»Werner Wüst, Ambrosius Ackermann, Yngvi Jónsson, Pater Odwin! An allen Tatorten hat man Ihre DNA oder Fingerabdrücke gefunden!«, bellte der Kommissar mit schneidender Stimme in den Raum.

Herbert Stingl starrte ihn aus müden Augen an. Die Stirn lag in Falten. Er fuhr mit den Händen über die Oberschenkel um seine verschwitzten Handflächen an der schwarzen Jeans abzutrocknen.

»Die Namen sagen mir nichts!« Er strich jetzt mit beiden Händen über seinen grauen Dreitagebart, dann über den sonnengebräunten Kopf.

»Dann will ich Ihnen die Herren doch mal vorstellen! Werner Wüst, am 30. Juni in den frühen Morgenstunden im Bach unterhalb der Burg Hohenneuffen aufgefunden. Genickbruch! Abwehrspuren an den Händen.«

Wilde machte eine unheilschwangere Pause. Da kam Leben in den Alten.

»Hohenneuffen kenn' ich! Da war ich zum Zeichnen, Urban Sketching. Mit dem Falkner dort oben...«

»Geben Sie doch zu, dass sie den unschuldigen Mann brutal von der Burgmauer gestoßen haben!«, fiel ihm Wilde scharf ins Wort.

Wilde packte einen zweiten Ordner, schlug ihn auf und las mit erhobener Stimme:

»Ambrosius Ackermann, am 2. Juli in seiner Wohnung am Alten Güterbahnhof 17 von den schweren Scheinwerfern in seinem Atelier erschlagen. Die Aufhängungen der Leuchtmittel waren manipuliert. Fingerabdrücke von Ihnen am Fahrstuhl und in der Wohnung von Ackermann.«

»Das kann ich erklären! In dem Haus wohnen meine Tochter und meine Enkel. Ich bin Hobbyschreiner und hab da Schränke...«, stellte der Angeklagte sachlich fest.

Gnadenlos schlug der Kommissar den dritten Ordner auf.

»Ich war mit dem Ambrosius beim Brotbackkurs und dann hat er mich gebeten doch mal...«, setzte Stingl nochmals an.

»Yngvi Jónsson, im Hinterzimmer des Portugiesischen Ladens, Mercado da Saudade, in Stuttgart, James-F.-Brynes Straße 41 mit einem Opinel Messer erstochen. Fingerabdrücke und DNA von Ihnen, Herrn Stingl! Was sagen Sie dazu?«, unterbrach ihn Wotan Wilde und wedelte mit der Akte vor der Knollennase des Angeklagten herum.

Der wich so abrupt zurück, dass er beinahe mit seinem Stuhl umgekippt wäre. Er konnte sich gerade noch an der Tischkante festhalten. Auf seiner Stirn bildeten sich Schweißtropfen.

»Klar, da war ich auch. Ich kaufe da meinen Portwein und einen ausgezeichneten Vinho Verde. Ich bin ein Weinliebhaber...«, sagte er tonlos.

»Sie sind ein abgebrühter, eiskalter Mörder, das sind Sie! Auf alles haben Sie eine fadenscheinige Antwort! Unglaublich!«, brüllte Wotan Wilde. Ätzende Magensäure stieg in seiner Speiseröhre auf. Er sprang auf. Bernadette wollte seinen Stuhl festhalten, der ihr aber aus der Hand glitt und krachend auf den Betonboden schlug.

»Und hier, das ist der Höhepunkt!« Die Stimme des Kommissars kippte, als er eine Seite aus der vierten Akte riss und sie Herbert Stingl vors inzwischen kalkweiße Gesicht hielt.

»Pater Odwin, am 14. August in der Küche der Abtei Kaltental aufgefunden. Hinterrücks in die frisch geschliffenen Damaststahlklingen der Küchenmesser und die nadelspitzen Tranchiergabeln im Geschirrkorb des Gastrospülers gestoßen. Exodus durch Perforation der Lunge und des Herzens!«

Die Stimme des Kommissars kippte beinahe vor Erregung.

Der Rentner atmete schwer als er hervor presste: »Mein Gott, der arme Gottesmann! Bei Kloster Kaltental hab ich in meinem Camper übernachtet. Ich hab eine Führung durch die Abtei bei Pater Arnulf mitgemacht. Der gotische Kreuzgang und der barocke Kapitelsaal...« Er beendete seinen Satz nicht und hustete nur trocken. Das konnte doch alles nicht wahr sein. Wie sollte er diesen abstrusen Anschuldigungen entkommen?

»Gestehen Sie, entlasten Sie ihre rabenschwarze Seele!«, befahl Wotan Wilde jetzt.

Der Kommissar packte das Wasserglas, das der Delinquenten gerade greifen wollte. Einen kurzen Moment schien es, als wolle er statt des Angeklagten davon trinken. Doch bevor Bernadette eingreifen konnte, kippte er den gesamten Inhalt in das aschgraue Gesicht des Verdächtigen.

Der Alte schrie gellend auf. Er öffnete die Augen, wischte sich den Schweiß aus dem Gesicht und blinzelte jetzt einer grellen Sonne entgegen.

»So ein Quatsch!«, murmelte er, nachdem er sich umgesehen hatte und Gott sei Dank nicht in einem Verhörraum war. Er lag im Garten auf seiner bequemen Liege und weit und breit war kein Kommissar in Sicht. Über ihm am Himmel quollen dunkle Gewitterwolken vor die Sonne. Woher kannte er nur diese Namen aus seinem Albtraum? Er schüttelte den Kopf. Eigentlich wollte er sich von den anstrengenden Geburtstagsvorbereitungen im Garten nur kurz ausruhen und war wohl in der prallen Sonne eingeschlafen.

»Happy birthday, Opa!«, erschallten jetzt Kinderstimmen. Zwei Jungs kamen über den Gartenweg gerannt, barfuss, ein Kind mit einem bedenklich schwankendem Tortenbehälter in einer Hand, das andere mit einem bunt verpackten Geschenk im Arm.

»Happy birthday to you, Marmelade im Schuh!«, sang Rasmus laut und Moritz fiel ein, »Aprikose in der Hose, happy birthday to you.«

»Opa, ich hätte da mal eine Frage! Wie alt wirst du eigentlich? 100 oder 2081?«, fragte Rasmus und plumpste auf die Liege.

»Nein, du Räuber! 70, ich werde 70!«, korrigierte ihn Herbert und kratzte sich am Kopf.

»Ganz schön alt!«, stellte Moritz fest und quetschte sich auch noch daneben auf die Liege.

»Ne!«, korrigierte ihn sein Bruder, während er die Schwarzwälder Kirschtorte beäugte, die sich in beängstigender Schieflage befand.

»Ein Elefant kann 80 werden, ein Buckelwal 95 und eine Riesenschildkröte 152 Jahre.«

»Da bin ich ja direkt noch ein junger Hüpfer!«, grinste der Opa und erhob sich ächzend.

»Zu meinem 70. Geburtstag lade ich dich auch ein!«, rief Rasmus.

»Ich auch!«, echote Moritz. »Wann gibt´s Kuchen?[viii]

Fußnoten

i

Wolfgang Prakl ist einer der Protagonisten aus meinen Büchern. Ebenso wie seine Freundin und der Nachbar.

Im normalen Leben ist Wolfgang ein Schriftsteller, der in Fürth lebt und der unglaubliche Geschichten in teilweise skurrilen Krimisituationen durchlebt.

So geschehen in den Büchern ›Fränkische Schlachtplatte‹ und ›Fränkische Brausetablette‹.

ii

Die Idee zur Geschichte kam mir an meine Geburtstag, dem 25.4., als ich morgens noch im Bett lag. Natürlich hat man als Autor jederzeit Blatt und Bleistift zur Hand.

So konnte ich den Gedankenfetzen sofort festhalten und diese, amüsante, Kurzgeschichte daraus machen.

Jede Ähnlichkeit mit realen Personen ist natürlich rein zufällig!

iii

Die Geschichte ist so ähnlich in dem Band 5 meiner ›baenkle.de‹ Quintologie enthalten, die im Herbst 23 als e-book erscheint.

Man darf gespannt sein!

iv

Diese Geschichte ist tatsächlich passiert. Was sich allerdings nachts hinter der geschlossenen Ladentür abgespielt hat, ist rein meiner Phantasie entsprungen.

Das erwähnte Buch gibt es tatsächlich und stammt von einem von mir sehr geschätzten, schwedischen Schriftsteller.

v

Das war mein Beitrag zum Isnyer Schreibwettbewerb 2023.

Vorgabe dafür war eine Verszeile aus einem Gedicht von Berthold Brecht, ›An jenem Tag im blauen Mond September...‹.

Damit konnte ich den 3. Preis erringen.

vi

Das war mein Beitrag zum Isnyer Schreibwettbewerb 2022.

Vorgabe war ein Bildzeichen des Gestalters Otl Aicher.

Mit der Geschichte konnte ich den 2. Preis erringen.

vii

Eine kleine Weihnachtsgeschichte zum Schmunzeln mit dem Protagonist Hauptkommissar Wotan Wilde.

Der ist einer der Helden in den Regionalkrimis von Maria Stich und Wolfgang Grund, wie ›Tübinger Fieberwahn‹, ›Tübinger Venus‹ und ›Tübinger tödliches Päckchenkarussel‹.

viii

Diesen Text habe ich zum 70. Geburtstag meines Göttergatten Hubert verfasst.

Die darin beschriebenen Kriminalfälle kommen in unseren Regiokrimis ›Tödliche Codes‹ und ›Tübinger Fieberwahn‹ vor.